Knaur

Ellen Steiber

Akte X
Die unheimlichen Fälle des FBI

Verwandlungen

Roman

auf Basis der gleichnamigen Fernsehserie
von Chris Carter,
nach einem Drehbuch von Marylin Osborn

Aus dem Amerikanischen
von Ulrich Hoffmann

Knaur

Die amerikanische Originalausgabe erschien unter dem Titel
The X-Files – Shapes bei HarperTrophy –
A Division of HarperCollins Publishers, New York

Dank an Thomas Harlan, Mary Pappas und Doug Lantz für unschätzbare Hilfe am Computer und an Munro Sickafoose für seine umfangreichen Informationen über die Traditionen der amerikanischen Ureinwohner

Dieses Buch ist Thomas gewidmet – in der Hoffnung, daß der nächste August nicht so einzigartig wird

Redaktion: Annekatrin Klaus

Vollständige Taschenbuchausgabe August 1998
Droemersche Verlagsanstalt Th. Knaur Nachf., München

Umschlaggestaltung: Papen Werbeagentur, Köln
Umschlagillustration: © 1995 by 20th Century Fox Corp.
Druck und Bindung: Clausen & Bosse, Leck
Printed in Germany
ISBN 3-426-61047-7

5 4 3

1

Two Medicine Ranch, Browning, Montana

Den ganzen Tag über hatte Jim Parker gespürt, wie der Sturm sich zusammenbraute. Das Vieh war unruhig, die Sonne war mit einem merkwürdig grünen Schimmer untergegangen. In der schnell hereinbrechenden Dunkelheit jammerte der Wind, heulte wie eine verlorene Seele. Schon rollten Donner über den Himmel Montanas. Doch noch regnete es nicht. Noch nicht.

Parker und sein Sohn Lyle standen im Eingang des Ranchhauses und sahen zur Tür hinaus. Sie schwiegen und lauschten dem Tosen des Sturms. Sie warteten. Sie warteten auf das *Ding*, über das keiner von beiden je gesprochen hatte. Auf das Ding, das auf die Ranch kam, um zu töten.

Draußen erhellte ein silberweißer Blitz den schwarzen Nachthimmel. Als hätte das Licht die Wolken zerrissen, ging nun auch Regen nieder. Dann wurde es dunkel im Haus.

Der Stromausfall störte Parker nicht: im steinernen Kamin loderte ein Feuer. Es verlieh dem Zimmer einen orangenen Schein und spiegelte sich in den Glasaugen der Jagdtrophäen. Parker mochte diese Trophäen. Den Grizzly, den Berglöwen, den Wolf, die Klapperschlange – sie alle waren Erinnnerungen an Zeiten, in denen er sich der Gefahr gestellt und gesiegt hatte ... Und heute nacht wollte er wieder siegen.

Plötzlich war es da. Wie all die Male zuvor hörte er ein tiefes, wütendes Knurren. Ein Tier – und doch kein Tier. Es klingt eher wie ein Echo, das aus den Bergen herüberhallt, dachte Parker. Als fletsche die Erde selbst die Zähne.

Das Geräusch kam näher. Parker hatte sein Leben lang gejagt ... und obwohl er keine Vorstellung hatte, was für ein Wesen sich dort draußen herumtrieb, wußte er eins genau: dieses *Ding* war selbst ein Jäger. Ein gnadenloser, erfolgreicher Jäger.

Heute nacht würde er nichts riskieren. Schnell schob er die Patronen in das Magazin seiner Winchester 1300 Defender Shotgun und sah seinen Sohn auffordernd an. Lyle lud sein Gewehr durch. Diesmal waren sie bereit. Bereit, sich zu wehren.

Für Sekunden wuchs das Knurren zu einem Röhren, das den Lärm des Sturms übertönte.

Lyles Kopf zuckte herum. Die Blitze erleuchteten die ganze Gegend mit flackernden grellen Schlaglichtern. In ihrem weißen Licht schien die ganze Welt zu schwanken. Lyle sah seinen Vater hilfesuchend an.

Doch Jim Parker hatte seinen Sohn vergessen. Er war völlig auf das Wesen konzentriert, das dort draußen auf ihn wartete. Zum letzten entscheidenden Kampf.

Der Sturm fauchte über die Ranch und riß an blattlosen Bäumen. Ein paar Rinder liefen verschreckt und mit rollenden Augen durch ihr Gatter, versuchten, die Gefahr zu wittern.

Jim Parker und sein Sohn hatten ihre Taschenlampen eingeschaltet und eilten zum Pferch hinüber. Der Boden war bereits aufgeweicht. Parker trug einen langen Mantel, der ihn vor dem Regen schützte, doch Lyle in Jeans und Weste wurde naß bis auf die Knochen. Er zitterte, wußte aber nicht, ob das an der Kälte lag ... oder an dem, was ihnen dort draußen begegnen würde.

Parker bedeutete Lyle, er wolle links von der Scheune nachsehen. Lyle nickte und ging mit schnellen Schritten nach rechts.

Dann erstarrte er.

Das Knurren wurde lauter.

Das Geräusch kam aus der offenen Scheune ... Langsam näherte sich Lyle dem großen Tor. Sein Herz hämmerte. Das Blut sauste in seinen Ohren.

Das Gewehr in der einen, die Taschenlampe in der anderen Hand betrat er die Scheune. Er beruhigte sich ein wenig, als er den süßen Duft des Heus wahrnahm und die vertrauten Geräusche der Pferde hörte. Mit einem kurzen Blick vergewisserte er sich, daß die Tiere zwar nervös, aber unverletzt waren. Bei Sturm waren sie immer unruhig.

Vorsichtig überprüfte Lyle im Schein seiner Taschenlampe den Rest der Scheune ... Nichts. Er atmete tief und versuchte, seinen rasenden Herzschlag zu beruhigen ...

In der Dunkelheit schlich ein Wesen lautlos auf ihn zu. Es ging auf zwei Beinen, und sein Unterkörper sah menschlich aus, doch es bewegte sich mit der Kraft und Anmut eines wilden Tieres. Wenn ein Blitz die Nacht zerriß, schimmerten seine Klauen wie elfenbeinerne Rasierklingen ...

Lyle entschied, daß die Scheune leer war, und kehrte nach draußen zurück. Unweit des Zauns bemerkte er einen großen dunklen Haufen, und Angst schnürte seine Kehle zu. Er ging darauf zu. Blutrot schimmernde Augen folgten jeder seiner Bewegungen.

Lyle richtete den Strahl seiner Taschenlampe auf den Haufen. Sein Herz sank: sie waren zu spät gekommen. Noch eine Kuh ... tot, zerfetzt. Mit hängendem Kopf stand er da und versuchte seine Gedanken zu ordnen. Was für ein Tier konnte ein ausgewachsenes

Rind derart verstümmeln? Waren sie dieser Bestie überhaupt gewachsen?

Wieder übertönte das Knurren den Sturm. Doch diesmal war es verdammt nahe.

Lyle fuhr herum und leuchtete dem Biest genau in die Augen. Unmenschlich rote Augen. Heißer stinkender Atem.

Er hatte keine Zeit mehr, seine Waffe in Anschlag zu bringen . . . das Wesen griff an und warf ihn zu Boden. Lyle stürzte, dann spürte er, wie sein Körper in die Luft gehoben und wie eine Gliederpuppe von der unbekannten Macht durch die Dunkelheit gewirbelt wurde.

Das letzte, woran Lyle Parker sich erinnerte, war die schrille Panik seiner eigenen Schreie . . . und das bestialische Röhren des Wesens, als es ihn gegen den Zaun des Pferchs schmetterte.

Jim Parker hörte den Tumult vom Eingang der Scheune und rannte los – er hatte die Hoffnung, zu seinem Vieh zu gelangen, bevor der Angreifer zuschlagen konnte.

Er kam abrupt zum Stehen, als er das große zweibeinige Wesen sah, dessen Rücken mit einem dichten Pelz bewachsen war. Und diese Bestie hielt seinen Sohn in den Klauen.

Parker zögerte nicht. Er legte an und schoß. Das Untier zuckte zusammen, als die Kugel einschlug, und stürzte zu Boden.

Parker rannte zu seinem Sohn und kniete neben ihm nieder. Der Junge war blutüberströmt, doch er lebte.

Seit seinem zehnten Lebensjahr hatte Lyle seinen Vater nicht mehr umarmt ... doch jetzt legte er ihm die Arme um den Hals und hielt sich fest, als wolle er nie wieder loslassen.

Parker versuchte, ihn zu beruhigen, aber im Geiste war er noch bei dem Untier. Es lag still, absolut regungslos, keine drei Meter von ihnen entfernt. Doch Parker traute dem Frieden nicht – um sicher zu gehen, wandte er sich um und schoß noch einmal auf den leblosen Körper.

Erneut zuckte ein Blitz durch die Nacht, und Parker erkannte, was er gerade getötet hatte ... das war kein Tier, sondern ein Mann. Ein junger Indianer mit nackter Brust und langem schwarzem Haar. Um die zwanzig ... ungefähr so alt wie Lyle.

Parker zitterte. Der Schock traf ihn unvermittelt. Er war ganz sicher gewesen, auf eine reißende Bestie zu schießen. Doch er hatte einen Mann ermordet.

2

Zwei Tage später verließen Special Agent Fox Mulder und seine Partnerin Dana Scully das Hauptquartier des Bureaus in Washington, D.C., und flogen in den Nordwesten Montanas. Sie ermittelten im Todesfall eines jungen Trego-Indianers namens Joe Goodensnake, und die Two Medicine Ranch war ihr erstes Ziel.

Scully saß am Steuer des Mietwagens, als sie den langen, schlammigen Weg durch das Farmland zum Ranchhaus fuhren. „Parker besitzt viel Land“, stellte sie fest.

„Zwanzig Quadratkilometer“, bestätigte Mulder. „Eine der lukrativsten Ranches dieser Gegend.“

„Und ein Heim, das aussieht wie eine Jagdhütte“, sagte Scully, als das zweigeschossige Holzhaus in Sicht kam.

Jim Parker erwartete sie an der Tür und führte sie ins Wohnzimmer. Mulders Blick fiel auf den ausladenden Kamin, die hohe Decke, das Panoramafenster hinaus auf das weite Land. Im Gegensatz zu vielen anderen Ranchern ging es den Parkers gut.

Jim Parker war Mitte fünfzig, er hatte graues, kragenlanges Haar, einen sorgsam gestutzten Schnauzbart und dunkle, durchdringende Augen. Er trug Cowboystiefel, Jeans und ein hellblaues Baumwollhemd. Parker hatte das verwitterte Aussehen eines Menschen, der sein Leben lang im Freien gearbeitet hatte. Und das barsche Benehmen eines Mannes, der daran gewöhnt war, Befehle zu erteilen.

Parker stellte ihnen seinen Sohn Lyle und den Anwalt David Gates vor. Lyle war ein ansehnlicher junger Mann Anfang zwanzig. Mit Interesse registrierte Mulder, daß Lyle völlig anders war als sein Vater. Der junge Mann schien der sensiblere Typ von beiden zu sein. Während Jim Parker die Dinge aus einer Laune heraus entscheidet, macht Lyle sich viele Gedanken, bevor er handelt, vermutete Mulder, vielleicht zu viele in den Augen des Alten.

Sie setzten sich ins Wohnzimmer. Im Kamin brannte ein Feuer, und auf dem Sims standen eine Uhr und einige Fotos. Dennoch hatte der Raum nichts Warmes oder Einladendes – er war im Gegenteil sogar etwas . . . irritierend. Denn augenfälliger noch als der Kamin waren die Tiere. Die toten Tiere.

Es war kaum zu übersehen, daß Parker nicht nur ein erfolgreicher Rancher, sondern vor allem ein passionierter Jäger war. Das Zimmer war überladen mit Trophäen: ein Grizzly stand aufrecht in einer Ecke, mitten im Angriff erstarrt. Unter der Decke hing eine große Eule mit ausgebreiteten Schwingen. Ein Dachs lauerte auf dem Couchtisch, ein kleiner Fuchs stand auf einem Bücherregal. In einer dunkleren Ecke des Raums fletschte ein Wolf die Zähne. Die Menschen in diesem Zimmer waren umgeben von Kreaturen aus dem Reich des Todes . . .

Mulder setzte sich neben Gates, den Anwalt, während Scully ihnen gegenüber Platz nahm. Lyle lehnte an der Wand und machte einen besorgten Eindruck.

Parker ging auf und ab, während er den Agenten seine Version der Geschichte erzählte. „Ich bin *kein* Mörder“, begann er.

Mulders Blick huschte unfreiwillig zu den ausgestopften Tieren. Hängt davon ab, dachte er.

„Und ich wollte niemandem wehtun“, fuhr Parker fort. Wut schlich sich in seine Stimme. „Ich hatte bloß die Schnauze voll davon, daß mein Vieh auf offener Weide abgeschlachtet wird. Das war das vierte allein im letzten Monat!“

„Und wer oder was war Ihrer Vermutung nach dafür verantwortlich?“ fragte Mulder ruhig.

„Hören Sie, Mister . . . Diese Kuh sah aus wie ein Stück Papier, das aus dem Reißwolf kommt. Ich weiß nicht, was für ein Tier zu so etwas fähig ist.“

„Wollen Sie damit sagen, daß Sie glauben, eine Person – oder mehrere Personen – seien dafür verantwortlich?“

Gates, ein fast kahler Mann in mittleren Jahren, unterbrach Mulder. „Ich möchte Sie daran erinnern, daß Mister Parker trotz eines schwebenden Verfahrens auf Kaution frei gelassen worden ist. Er hat sich bereit erklärt, mit Ihnen zu sprechen. Aber nur über diesen Zwischenfall."

„Also können wir nicht über Mister Parkers Bundesgerichtsverhandlung gegen das Reservat der Trego-Indianer sprechen?" fragte Scully betont sachlich.

Mulder sah, wie der Anwalt rot anlief und hastig schluckte. Scully war eine hübsche junge Frau, und die wenigsten Leute ahnten, wie tough sie sein konnte – bis sie es mit ihr zu tun bekamen.

„Genau das heißt es", entgegnete Gates knapp.

„Augenblick mal . . .", schnappte Parker.

„Jim, kein Wort . . ."

„Nein, jetzt ist keine Zeit für Ihren Anwaltsquatsch. Ich möchte diese Sache klären."

Parkers Direktheit ist bewundernswert, dachte Mulder. Und dennoch mochte er den Mann nicht. Nicht nur, daß er ungeduldig und aufbrausend war . . . irgend etwas an seinem Auftreten machte auf unangenehme Weise deutlich, daß er es gewohnt war, seinen Willen zu bekommen. Und daß er ihn um jeden Preis durchsetzen würde.

Parker starrte die beiden Agenten an. „Sie glauben wohl, daß ich losgegangen bin und mir einen Indianer geschossen habe, bloß weil wir darüber streiten, wo mein Land endet und ihr Land beginnt?“

„Wir möchten das friedlich klären“, betonte Lyle mit leiser Stimme. „Vor Gericht.“

„Nun ja, Joseph Goodensnake ist an einem Schuß aus *Ihrer* Waffe gestorben“, erinnerte Scully den Rancher. „Was eher gegen eine friedliche Lösung spricht.“

Parker rang um Fassung. „Alles, was ich sagen will, ist, daß es kein Tier war, das *ich kenne*“, sagte er. „Und in jener Nacht sah es auch definitiv nicht menschlich aus. Sehen Sie sich doch mal die Narben meines Jungen an.“

Peinlich berührt hob Lyle sein Hemd. Schulter und Brust waren mit mehreren langen Schnitten überzogen, die genäht worden waren.

Mulder war nicht überrascht.

„Es war dunkel“, fuhr Jim Parker fort. „Und wir hörten ein Knurren. Wir gingen raus, um das Vieh zu schützen.“ Er setzte sich und atmete schwer. Seine Stimme wurde unsicher. „Ich könnte schwören, daß ich rote Augen und scharfe Krallen gesehen habe!“

Mit leichter Belustigung sah Mulder die Skepsis in Scullys Blick – sie war und blieb eine erklärte Gegnerin von Monstergeschichten.

„Ich dachte, mein Junge würde . . .“ Parker konnte den Satz nicht zu Ende bringen. Er schüttelte den Kopf, als könne er noch immer nicht glauben, was er mit eigenen Augen gesehen hatte. „Hören Sie, niemand, *niemand* war erschrockener als ich, als ich entdeckte, daß es . . . dieser junge Indianer war." Die Stimme des Ranchers wurde wieder lauter, sein Ton anklagend. „Aber wenn er es war, der unser Vieh getötet hat, dann . . . dann tut es mir zwar leid, daß wir es auf diese Weise herausfinden mußten . . . doch was mich angeht, ist die Sache damit zu Ende."

Mulders Miene blieb undurchdringlich. Parkers Auftritt hatte für ihn etwas von der Gesinnung, wie sie in so manch alten Western vorherrschte. Wenn Joe Goodensnake sein Vieh tötete, dann hatte er eben das Recht, seinen Besitz zu verteidigen. Ihm wurde klar, daß der Rancher den Tod des jungen Mannes nicht wirklich bereute.

Scully warf Mulder einen kurzen Blick zu, als wolle sie fragen: „Glauben Sie ihm?"

Mulder nickte ihr zu. Er war sicher, daß Parker die Wahrheit erzählte – oder zumindest das, was er dafür hielt. Und er war sicher, daß hinter dieser Geschichte mehr steckte. Wesentlich mehr.

3

Scully hatte den Polizeibericht über Joe Goodensnakes Tod gelesen. Sie hatte Jim Parker zugehört ... doch sie verstand noch immer nicht, warum Mulder und sie diesen Fall untersuchten. Für sie sah es aus wie ein glasklarer Mord. Es gab keine Rätsel, Parker hatte sogar zugegeben, daß er Goodensnake erschossen hatte. Es war genau die Art Fall, die Mulder eigentlich mit Freuden anderen Agenten überließ.

Mulders Interesse galt normalerweise jenen Fällen, die die übrigen Agenten des Bureaus nicht einmal mit spitzen Fingern anfassen wollten. Fälle, die in die Randbereiche des Mysteriösen, Paranormalen, des Übernatürlichen gehörten. Fälle, die in den X-Akten dokumentiert waren und unlösbar schienen. Mit normalen Maßstäben gerechnet.

Scully war ausgebildete Ärztin und Physikerin. Sie war eine Wissenschaftlerin, die an die Gesetze von Ursache und Wirkung glaubte, an rationale Erklärungen. Doch die X-Akten gehorchten diesen Gesetzen im Grunde nie: zusammen mit Mulder hatte sie Alien, Mutanten und Psycho-Visionen untersucht, die irgendwie *wirklich* geworden waren. Dinge, an die sie nach

Abschluß der Ermittlungen kaum glauben konnte, obwohl sie die Beweise mit ihren eigenen Augen gesehen hatte.

Die Kollegen im Bureau – und auch manche der Vorgesetzten – glaubten, Mulder sei verrückt. Hinter seinem Rücken nannten sie ihn ‚Spooky', rissen fade Witze über seine Arbeit. Doch sie wurden ihn nicht los – Mulder war zu gut. Er war einer der Besten. Er hatte ein fotografisches Gedächtnis. Und er analysiert brillant, dachte Scully, auch wenn er ein bißchen zu gern an übernatürliche Erklärungen glaubt . . . Aber an diesem Fall hier gibt es nichts Übernatürliches. Was also taten sie in Browning, Montana?

Mulder erhob sich. „Können wir den Pferch sehen?"

„Ich begleite sie", bot Lyle an.

Er zog eine Jacke an, schnappte sich seinen Hut und begleitete die beiden Agenten durch eine Glasschiebetür hinaus auf die Veranda.

Scully zog den Kragen ihres Regenmantels enger zusammen. Leichter Niesel fiel, und betörender Pinienduft erfüllte die Luft. Daheim in D.C. war es jetzt sommerlich mild, hier im Schatten der Rocky Mountains war es kalt und feucht. Fast wie im Winter.

Sie war dennoch froh, daß sie die Chance bekamen, mit Lyle allein zu reden. Von den beiden Parkers war er derjenige, dem der Tod von Joe Goodensnake wirklich leid zu tun schien.

Der Junge führte sie vom Haus weg und blieb dann stehen. „Agent Mulder, Agent Scully“, begann er stokkend. „Ich schätze, wenn ich wie Sie unsere Seite der Geschichte hören würde, könnte ich sie auch nicht glauben. Da gibt es Dinge, die ich selbst nicht verstehe. Dinge, die mein Vater einem Fremden niemals erzählen würde.“

„Was für Dinge?“ fragte Mulder sanft.

Lyle zögerte. Als er schließlich sprach, sprach er hastig. Die Sache schien ihn schon lange beschäftigt zu haben. „In den letzten paar Monaten sind wir nachts immer mal wieder rausgegangen und haben nach dem Vieh gesehen ... Aber ich hab nie was Ungewöhnliches bemerkt. Keinen Berglöwen. Keinen Kojoten. Nicht mal Tregos.“

Er seufzte, sein Atem kondensierte augenblicklich in der kalten Nachtluft. „Aber ich konnte es spüren ... Irgend etwas Unmenschliches. Dort draußen.“ Er nickte in Richtung der Berge. „Es beobachtete mich. Ich meine, die Luft war zu ruhig. Die Tiere der Nacht waren so still ... Als hätte die Natur vor Angst den Atem angehalten.“

Lyle schüttelte den Kopf. Offensichtlich schämte er sich. „Ich hatte Schiß.“

„Schiß?“ fragte Scully zweifelnd.

„Ja, Schiß“, sagte Lyle. „Hatten Sie noch nie Schiß?“

Scully zuckte die Achseln. *Schiß* kam in ihrem

Leben kaum vor. Irrationale Angst – und das war es doch, wovon Lyle redete – war etwas, wofür sie einfach keine Zeit hatte.

Mulder fixierte sie mit gerunzelter Stirn, als wolle er sagen: „Herrje, Scully, Sie hätten ihm auch eine bessere Antwort geben können."

Soll Mulder doch über Schiß reden, wenn er will, dachte Scully. *Sie* interessierte sich für den Tatort – und mit energischen Schritten marschierte sie in Richtung Scheune.

Der Nieselregen wurde dichter, während Scully die Untersuchung der Scheune abschloß. Zum letzten Mal las sie im Polizeibericht nach. Zufrieden, daß die Polizei nichts übersehen hatte, öffnete sie ihren Schirm und ging über den Hof. Sie blieb einen Augenblick stehen, um sich die Stelle anzusehen, wo der Zaun geborsten war, zersplittert unter Lyles Gewicht, als der Angreifer ihn dagegen geworfen hatte.

Mulder stand auf der anderen Seite des morastigen Pferchs. Er sah zu den Bergen hinüber, als hätten sie eine Botschaft für ihn.

Scully studierte noch einmal den Bericht und musterte dann den zerbrochenen Zaun.

„Hier wurde das Opfer erschossen", rief sie Mulder zu. „Es war etwa drei Meter von Jim Parker entfernt." Sie schüttelte den Kopf, als sie an den Bericht des

Ranchers dachte. „Auf diese Entfernung kann er einen Menschen überhaupt nicht für ein Tier gehalten haben. Die Sache ist völlig klar, Mulder."

Schweigend starrte Mulder in die Ferne.

„Wissen Sie, es überrascht mich, daß Sie sich für diese Sache freiwillig gemeldet haben", fuhr Scully fort. „Jeder Agent hätte das untersuchen können. Was interessiert Sie überhaupt daran?"

Mulder senkte den Kopf und musterte den Schlamm des Gatters, der voller Spuren war. Hufabdrücke mischten sich mit den Stiefelabdrücken der Männer . . . Und dann fand Mulder, was er gesucht hatte.

Er hockte sich hin und verfolgte vorsichtig die menschlichen Spuren. Sie wandelten sich von Stiefelabdrücken zu nackten Fußabdrücken. Und dann verwandelten sie sich noch einmal – in die Spuren eines großen Tieres mit langen Klauen. Von einem Schritt zum nächsten. Vom Mensch zum Tier.

Er machte ein Foto. So etwas hatte er erwartet . . . Doch dann sah er etwas, das er nicht erwartet hatte. Mulder schluckte hastig – *das* überstieg sogar sein Vorstellungsvermögen.

Scully war mit ihrem Teil der Untersuchung fertig und schlenderte zu Mulder hinüber. „Die Tregos und die Parkers streiten sich über Land", resümierte sie. „Goodensnake hatte ein Motiv, Parkers Vieh anzugreifen. Und Parker hatte ein Motiv, Goodensnake umzubringen. An diesem Fall scheint überhaupt nichts unerklärlich zu sein.“

„Nein“, stimmte Mulder trocken zu. „Gar nichts.“

Scullys Augen weiteten sich vor Verblüffung, als Mulder seine überraschende Entdeckung mit einer Pinzette hochhob. Ein Stückchen durchscheinender Haut – in Form einer dreifingrigen menschlichen Hand.

4

Scully sah zum Fenster hinaus, während Mulder ihren Wagen zum Reservat der Trego-Indianer fuhr. Die Straße erstreckte sich flach und endlos vor ihnen: vertrocknetes braunes Gras am Straßenrand, keine Häuser, keine Tankstellen, keine Telefonsäulen. Nichts außer diesem schwarzen Asphaltband deutete darauf hin, daß dieses Land jemals von Menschen betreten worden war. Vor ihnen lagen die Rocky Mountains, dunkel, drohend, geheimnisvoll.

Die Entfernungen im Westen sind endlos, dachte Scully. Parkers Ranch grenzte an das Reservat, und doch waren Mulder und sie nun schon über eine Stunde unterwegs, um die Stadt in der Mitte des Reservats zu erreichen.

Noch einmal betrachtete Scully die Plastiktüte, in der sich das eigenartige Hautstück befand.

„Mulder, das ist äußerst merkwürdig ... Wie eine alte Schlangenhaut“.

Ihr Partner nickte bloß.

Scully legte den Beutel zurück aufs Armaturenbrett. „Ich vermute, daß die Parkers Joe Goodensnake absichtlich umgebracht haben ... aber sie sehen nicht aus wie Leute, die ihre Opfer häuten.“

„Davon abgesehen gibt es auch in den Berichten der Polizei und des Leichenbeschauers keine Hinweise darauf", stimmte Mulder zu.

„Tja, wir werden uns den Körper wohl selbst angucken müssen", sagte Scully gleichmütig. Als Ärztin und FBI-Agentin führte sie oft auch Autopsien durch.

„Der Leichnam ist den Autoritäten des Reservats überstellt worden." Mulder faßte in seine Jackettasche, holte einen Zettel heraus und lehnte ihn gegen die Mitte des Steuers. „Wir sollen uns bei Sheriff Charlie Tskany melden . . ."

Mulder beendete den Satz nicht. Ein herrisches Kreischen, das sogar den Motorenlärm übertönte, lenkte ihn ab. Er sah himmelwärts, wo ein Adler seine Kreise zog. Mulder stoppte am Straßenrand.

„Warum halten Sie?"

„Ich will mir den Adler ansehen . . . In D.C. gibt es nicht allzu viele davon."

Mulder stieg aus dem Wagen und sah sich um. Nebelschwaden verbargen die Berggipfel. Mulder spürte, daß dieses Land sehr alt war. Daß es stummer Zeuge der Geschichte gewesen war, schon lange bevor weiße Siedler nach Amerika gekommen waren. Und er wurde das Gefühl nicht los, daß der Nebel alte Rätsel und Geheimnisse verborgen hielt.

Der Wind pfiff durch die immergrünen Gewächse oben an den Berghängen. Vor der Sonne hatten sich düstere Sturmwolken versammelt. Der Adler schrie noch einmal, und der Schwarm Krähen, der ihn umkreist hatte, stob davon.

Scully ist sicher mal wieder der Meinung, daß diese Dinge nichts zu bedeuten haben, dachte Mulder. *Aber hier ist etwas* ... Ich spüre es. Und es macht mir angst.

„Mulder!" sagte Scully energisch. Sie war ihm gefolgt.

Mulder kam wieder zu sich und sah sie verwirrt an.

„Alles in Ordnung?"

„Ein Schatten ist auf mein Grab gefallen", murmelte Mulder.

„Was?"

„Wenn jemand eine Gänsehaut bekam, hat meine Mutter immer gesagt: Ein Schatten ist auf dein Grab gefallen . . ."

Scully schüttelte den Kopf, sie konnte ihm nicht folgen.

„Wissen Sie, Scully", sagte Mulder gedankenverloren, „Sie haben Lyle Parkers Frage gar nicht beantwortet. Mich interessiert das. Haben Sie nie Schiß?"

Widerwillig dachte Scully einen Moment lang nach. „Wenn ich um drei Uhr morgens in D.C. mit der U-Bahn fahre", gab sie zu.

„Nein, das ist reale und wahrhaftige Gefahr. *Schiß*

bedeutet, etwas zu spüren ... etwas Bedrohliches zu spüren, das man weder sehen noch hören kann."

Jetzt hatte Scully genug. „Mulder, sehen Sie sich um! Da sind Bäume, Berge, Tiere. Es ist schön ... und meditativ. Aber *Schiß* kommt aus der Psyche, möglicherweise hervorgerufen durch Lyle Parkers Versuch, sich ein Alibi zu schaffen."

Mulder sah sie ungläubig an. „Waren Sie je an den Niagara-Fällen?"

„Als Kind."

„Kennen Sie die geologischen Gründe für deren Existenz?"

Mit zusammengezogenen Brauen erinnerte sich Scully an den Erdkundeunterricht. „Ich glaube, das Schmelzen der Gletscher vor ungefähr zehntausend Jahren hat dazu geführt, daß Wasser aus dem Erie-See nach Ontario fließen kann, das vermutlich auf einer geringeren Höhe liegt."

Mulder nickte – diese Erklärung hatte er erwartet. Dana Scully war durch und durch Wissenschaftlerin. Deshalb konnte er es sich nicht verkneifen, sie herauszufordern.

„Aber wenn Sie unten an den Niagara-Fällen stehen", sagte er langsam, „spüren Sie nicht, daß da noch mehr ist? Spüren Sie nicht, daß da noch etwas anderes seine Wirkung entfaltet?"

„Natürlich", konterte Scully. „Die Schwerkraft."

Entnervt wandte Mulder sich ab. Plötzlich verharrte er, als er einen rotschwänzigen Falken auf dem Wagendach sitzen sah, der seine Schwingen zu ihrer vollen Spannbreite reckte. Es war ... eine Warnung. Eine mysteriöse Warnung. Der Vogel sah ihn an und flog davon, ließ die beiden Agenten mühelos unter sich.

„Die Indianer glauben, daß Falken die Geister innerer Stärke sind, die man braucht, um das Böse zu bekämpfen ..."

Scullys Blick folgte dem davonfliegenden Raubvogel. „Mulder ... Es ist bloß ein Falke."

Einen endlosen Augenblick lang starrte er sie unverwandt an, dann stieg er in den Wagen. Scully folgte ihm. Kopfschüttelnd, ratlos. Manchmal trennen uns Welten, dachte sie.

Kurze Zeit und ein paar Meilen später erreichten die beiden Agenten eine kleine Stadt in der Mitte des Trego-Reservats. Die Hauptstraße hatte sich durch die ausgiebigen Regenfälle in einen Sumpf verwandelt. Auf der einen Seite standen Wohnwagen und einige kleine Holzhäuser, die andere Seite war das Einkaufszentrum: ein Supermarkt, eine Wäscherei, eine Post, eine Billardhalle. Am Ende der Straße lag eine heruntergekommene Tankstelle.

Mulder registrierte ein paar Pickup-Trucks, einige Motorräder, eine Satellitenantenne. Und überall waren

Hunde zu sehen. Manche folgten den Menschen, die ihrer Arbeit nachgingen, andere tollten im Rudel umher. Über dem gesamten Ort lag eine Atmosphäre von Tristesse und Trostlosigkeit. Wie die meisten der amerikanischen Ureinwohner, die in Reservaten lebten, hatten auch die Tregos nicht viel Geld.

„Wo fangen wir an?“ fragte Scully, als Mulder den Wagen abstellte.

„Versuchen wir's in der Billardhalle.“

In der Halle war es dunkel, da Jalousien die Fenster abschirmten. Ein Neonschild flackerte über der Bar, und im Dämmerlicht konnte Mulder drei große Zimmer erahnen. In einem Nebenraum stand ein abgeschabter Billardtisch unter einer einzelnen Glühbirne, an dem eine junge Frau in Jeans, Flanellhemd und brauner Weste trainierte. Es gab keine Juke-Box, doch aus einem Recorder hinter der Bar quoll Johnny Cash. Es roch nach Rauch, Kaffee und feuchter Wolle.

Obwohl es mitten am Tag war, waren die meisten Tische besetzt. Außer den zwei Agenten waren alle anderen Anwesenden Indianer. Als Mulder und Scully auf die Bar zugingen, rempelte ein Mann gegen Mulder. Absichtlich. Mulder reagierte nicht.

In der Billardhalle wurde es still, totenstill. Die weiße Haut der Agenten und ihr offizielles Outfit machten sie augenblicklich als Eindringlinge erkennbar. Sie waren hier nicht willkommen. Und sie wußten es.

Mulder machte es nichts aus, ein Outsider zu sein. So hatte er sich den Großteil seines Lebens gefühlt, sogar beim FBI. Was ihn traurig machte, war der Grund für die Ablehnung der Tregos: die lange, tragische Geschichte von Weißen und Indianern, die schändliche Behandlung der amerikanischen Ureinwohner durch die Siedler und Soldaten von jenseits des großen Wassers. Sie hatten sie aus ihrer Heimat vertrieben, hatten ihr Land geraubt, ganze Stämme massakriert. Mulder verstand, warum die Menschen hier Scully und ihm nicht trauten. Er wünschte sich verzweifelt, er könne ein Stück Wiedergutmachung leisten, und wußte zugleich, wie vermessen dieser Wunsch war.

Ein Kellner stand hinter der Bar und goß einem Kunden Kaffee ein.

Mulder räusperte sich. „Entschuldigen Sie ... Wir sind nicht von hier. Wir suchen nach Sheriff Tskany."

Der Kellner reagierte nicht. Er füllte die Tasse mit Kaffee und ging zum anderen Ende der Theke. Die einzige Antwort war Johnny Cashs Stimme, die von Liebe und Verlust kündete.

„Kennt hier jemand Charly Tskany?" versuchte es Mulder noch einmal. Er sprach laut genug, daß jeder im Saal ihn hören konnte.

Niemand antwortete. Mulder sah sich geduldig um. Es war ein kleiner Ort, und die meisten Leute in der Billardhalle kannten den Sheriff mit Sicherheit. Er mußte nur einen Menschen finden, der seine Frage beantworten würde.

An einem Tisch in der Ecke taten ein paar junge Männer in Jeans und Heavy-Metal-T-Shirts, als existierten Scully und er überhaupt nicht. Sie scharrten nachdrücklich mit den Füßen.

Die junge Frau am Billardtisch richtete sich auf. Sie hatte langes braunes Haar und ein kraftvolles, entschlossenes Gesicht. Mit vor Wut blitzenden Augen starrte sie die Agenten an. Nein, entschied Mulder. Keine gute Kandidatin, um Antworten zu bekommen.

Er sah Scully an. Sie nickte und bedeutete ihm, daß sie seiner Meinung war . . . Sie sollten besser gehen.

Doch Mulder wartete noch einen Augenblick.

Da durchbrach eine hallende Stimme die Stille. Zwei Worte hingen in der Luft: „FBI, verschwinde.“

5

Mulder wandte sich der Stimme zu. Links von ihm saßen zwei ältere Männer an einem Tisch. Mulder ging auf sie zu.

Der Mann, der gesprochen hatte, hatte langes, silbergraues Haar, breite Wangenknochen und kupferfarbene Haut. Er trug ein schlichtes Woll-Jackett, darunter ein Jeanshemd; um seinen Hals hing Indianerschmuck. In seinen Augen lag etwas, das Mulder höchstens ein- oder zweimal in seinem Leben gesehen hatte: Klarheit ... und Ruhe. Diesem Mann konnte nichts mehr Angst machen – er hatte zuviel gesehen.

Und seine Worte irritierten Mulder. „Woher wissen Sie, daß ich vom FBI bin?"

„Ich kann es riechen."

„Ah. Dabei haben sie mir gesagt, mein Deodorant halte länger als zwölf Stunden", versuchte Mulder zu scherzen.

Der Trego verzog keine Miene. „Ich war in Wounded Knee", sagte er ausdruckslos, als erkläre das alles.

Tatsächlich verriet es Mulder eine Menge über den alten Mann. Mulder wußte von dieser Konfrontation –

und von dem Exempel, das damals statuiert werden sollte.

1973 besetzten amerikanische Ureinwohner das Dorf Wounded Knee und forderten die amerikanische Regierung heraus, ein Massaker zu wiederholen, das fast hundert Jahre zuvor stattgefunden hatte. Tatsächlich wurden sie von schwerbewaffneten Regierungsdienern umzingelt . . . Nach 72 Tagen ergaben sich die Indianer. Doch sie hatten die Nation auf die Tragödie ihrer Vergangenheit – und ihrer Gegenwart – aufmerksam gemacht.

„Und was ich gelernt habe beim Kampf gegen das FBI“, fuhr der Trego fort, „ist: Ihr glaubt nicht an uns. Und wir glauben nicht an euch.“

„*Ich* möchte glauben“, wiederholte Mulder die Worte eines Posters, das in seinem Büro hing. Für Mulder war das die Wahrheit: Er wollte an jene Dinge glauben, die oftmals als abstrus abgetan und ausgelacht wurden. Und dazu gehörten auch die Ansichten von Leuten, die – wie die Indianer – nicht mit dem Kurs der Regierung übereinstimmten.

Der alte Mann betrachtete Mulder voller Mißtrauen. „Warum sind Sie hier? Was wollen Sie?“

„Ich glaube, Sie wissen schon, was wir wollen“, entgegnete Mulder. Obwohl er den Trego noch nie gesehen hatte, spürte er eine vibrierende Verbindung zu ihm . . . Sie konnten einander verstehen.

„Sagen Sie mir, was ich weiß", forderte ihn der Mann heraus.

In diesem Moment trat auch Scully bis an den Tisch vor. Mulder und der alte Mann sprachen in Rätseln – sie aber brauchte klare Antworten. „Wir suchen nach jedem, der möglicherweise Informationen über den Tod von Joe Gooden . . ."

„Wir suchen nach etwas, das bei einem Schritt Menschenspuren und beim nächsten Tierspuren hinterlassen kann", unterbrach sie Mulder.

„Parker", schnarrte der Trego. „*Er* hat gefunden, wonach Sie suchen. Er hat *getötet*, wonach Sie suchen, FBI."

Plötzlich knallte die junge Frau mit der braunen Weste ihren Queue auf den Billard-Tisch. Die beiden Agenten fuhren herum.

„Parker und sein Sohn haben *meinen Bruder* getötet", rief sie wütend. „Und ihr habt alle zuviel Angst vor dieser lächerlichen indianischen Legende, um etwas zu unternehmen. Ich hasse es!"

„Gwen!" Der alte Mann hob die Stimme.

Die Frau ignorierte ihn. Sie riß ihre Jacke an sich und eilte zur Tür, blieb jedoch vor Mulder und Scully einen kurzen Augenblick stehen.

„Und ich hasse Anzüge und Krawatten, die immer hier sind, wenn *Sie* etwas von uns wollen. Aber wenn wir Hilfe brauchen, dann sind sie nicht zu finden."

Als Scully ihr nachsah, entdeckte sie einen Indianer, der ein Jackett mit Sheriffsmarke und Schulterstücken trug. Er war groß, sein leicht ergrautes Haar war streng zurückgekämmt, aber er hatte gleichmäßige, feine Züge. Er hatte im Dunkeln gestanden und sie still beobachtet.

„Sheriff Tskany?“ riet Scully.

Er sah sie ausdruckslos an.

Scully trat vor, erleichtert, endlich einen Kollegen gefunden zu haben. „Ich bin Agent Scully. Dies ist Agent Mulder.“

Der Sheriff nickte. Er schien genauso wenig über ihre Anwesenheit erfreut zu sein wie alle anderen Einwohner des Dorfes.

„Goodensnakes Leiche liegt in meinem Büro“, sagte er knapp. Er wandte sich ab und verließ die Billardhalle, ohne ihnen die Möglichkeit zu geben, noch etwas zu sagen.

Scully und Mulder sahen sich an. Der kühle Ton des Sheriffs überraschte sie . . . noch ein Feind, mit dem sie leben mußten. Mit gemischten Gefühlen folgten sie ihm zu Joe Goodensnakes Leiche.

6

Scully und Mulder gingen hinter Sheriff Tskany her zu einem angegriffenen Holzhaus. Die Buchstaben auf der Glastür verkündeten: Tribal Police Office.

Zwei Trego-Männer standen auf den Stufen neben der Tür. Sie trugen ihr langes schwarzes Haar in Zöpfen, an deren Enden je eine Feder eingeflochten war. Das Auffälligste jedoch waren ihre Gesichter: aus der Ferne hatte Mulder gedacht, sie trügen weiße Masken, – aus der Nähe sah er, daß sie sich die Gesichter mit weißer Asche eingerieben hatten. Der Effekt war unheimlich, geisterhaft.

Charlie Tskany ging die Treppe hoch zu seinem Büro. Mulder und Scully waren direkt hinter ihm, doch die beiden Geistermänner versperrten ihnen den Weg.

„Bill, Tom, laßt sie durch“, sagte der Sheriff leise. „Kommt schon, Jungs, laßt sie durch.“

Die beiden Männer zögerten einen Moment, dann traten sie zur Seite.

Das Polizeibüro im Reservat sah anders aus als die Polizeireviere, an die Mulder und Scully gewöhnt waren. Hier gab es keine überarbeiteten, gehetzten

Cops, klingelten keine Telefone, hier warteten keine Verdächtigen. Es gab weder Chaos noch Lärm.

Es war ein einfaches Zimmer. Ein Stuhl. Ein Aktenschrank. Eine einzelne leere Gefängniszelle hinten in der Ecke. In der Mitte stand ein Schreibtisch mit einem Computer und einem Telefon.

Tskany ging zu seinem Tisch und sah einen Stapel Post durch.

Mulder deutete hinter sich auf die Männer an der Tür. „Wer sind die?"

„Totenwächter", entgegnete Tskany. „Sie begleiten den Geist des Verschiedenen in die nächste Welt." Er trat hinter seinen Schreibtisch. „Ich lasse sie nur bis zur Eingangstür . . . Wer mich kennt, weiß, daß ich den alten Glauben dort draußen lasse und die Polizeiarbeit hier drinnen."

Mulders Gedanken kreisten seit einigen Minuten um ein- und dieselbe Frage. „Die Frau in der Billardhalle hat gesagt, daß die Menschen hier Angst vor irgendeiner indianischen Legende haben. Was bedeutet das? Ich meine, was glauben Ihre Leute, ist im Fall Parker geschehen?"

Der Sheriff musterte die beiden Agenten feindselig. „Hören Sie, ich bin kein Fremdenführer, der hier all Ihre Fragen über indianische Sitten und Gebräuche beantwortet."

Mulder wollte sich entschuldigen, doch Tskany

schnitt ihm das Wort ab. „Wenn ich mal Hilfe von den Feds brauche, krieg' ich sie nie ... Da dieser Fall in den Ermittlungsbereich des FBI fällt, haben Sie das Recht, die Leiche zu untersuchen. Also bringen wir es hinter uns."

Mulder und Scully tauschten einen kurzen Blick. Ermittlungsbereiche waren eine heikle Angelegenheit. Die Indianer-Reservate waren unabhängig, hatten ihre eigenen Standesregierungen, Gesetze und Polizeibeamten. Aber wenn ein Verbrechen begangen wurde, hatten die Bundesbehörden dennoch das Recht, sich einzumischen.

Mulder wußte, daß das, was Tskany gesagt hatte, der Wahrheit entsprach. Allzu oft interessierte sich die Regierung nicht im geringsten für die Probleme in den Reservaten, und auch jetzt waren Scully und er nicht hier, weil die Tregos um Hilfe gebeten hatten. Sie waren hier, weil *sie* sich für den Fall interessierten. Weil sie sich einmischen wollten.

Tskany öffnete eine Tür am anderen Ende des Raumes, und Mulder und Scully folgten ihm.

Auf einem Tisch lag ein Körper, bedeckt von einem weißen Tuch. Handschriftlich stand auf einem Zettel am großen Zeh: JOE GOODENSNAKE.

„War die Frau in der Billardhalle seine Schwester?" erkundigte sich Mulder.

„Gwen?" fragte Tskany zurück. „Yeah, Joe und sie

sind federführend in diesem Grenzstreit mit Parker. Sie hatten das Gefühl, daß er sein Vieh immer weiter ins Reservat hineintreibt. Parker hat Ihnen wahrscheinlich erzählt, daß es seine Idee gewesen wäre, die Sache vor Gericht zu klären. Aber in Wahrhheit haben Joe und Gwen die Klage eingereicht."

Mulder zog das Tuch beiseite, das den Leichnam bedeckte, und enthüllte einen gut aussehenden jungen Mann mit hoher Stirn und langem, schwarzen Haar.

„Mulder", sagte Scully sofort, „schauen Sie nur, das Narbengewebe hier. Sieht aus, als wäre auch *er* von einem Tier angegriffen worden."

Drei lange, wulstige Narben zogen sich über Joe Goodensnakes Schulter und bis auf seine Brust hinab.

Mulder nickte, als wäre dies nur ein weiteres Teil eines Puzzles, das genau an seinen Platz paßte.

Tskany jedoch wirkte überrascht. „Wenn Joe auch attackiert worden ist . . . vielleicht haben die Parkers dann *tatsächlich* ein Tier gesehen."

„Nein", sagte Scully. „Diese Wunden hier sind schon lange verheilt. Wenn Goodensnake angegriffen wurde, dann ist es Ewigkeiten her."

Sie begann, die Wunden im unteren Bereich der Brust und am Bauch zu untersuchen. „Die Schußwunden deuten auf eine geringe Entfernung zum Schützen hin", erklärte sie. „Der Angreifer war nicht mehr als einen Meter weit weg."

Mulder hörte nicht zu. Er hatte sich neben Goodensnakes Kopf gekniet. Neugierig hob er die Oberlippe des Toten einen Augenblick hoch. Dann sagte er langsam: „Wir brauchen die Unterlagen von Goodensnakes Zahnarzt.“

Scully und Tskany sahen ihn an. „Warum?“ fragte der Sheriff.

Diesmal schob Mulder sowohl Ober- als auch Unterlippe des jungen Indianers auseinander. Und Tskany und Scully konnten erkennen, was er meinte: in Joe Goodensnakes Kiefer blitzten große gelbe Reißzähne, jeder einzelne gut drei Zentimeter lang.

7

Wenig später stand Mulder in Tskanys Büro und betrachtete die Röntgenaufnahmen von Goodensnakes Mund, indem er sie vor eine Schreibtischlampe hielt. Goodensnakes Körper lag weniger als einen Meter hinter ihm auf einem Rolltisch.

Mulder zeigte auf das Röntgenbild. „Sehen Sie, das sind die Eckzähne. Ganz normal."

Scully versuchte, das alles zu begreifen. Sie dachte an die großen raubkatzenartigen Fänge, die sie gerade hinter Goodensnakes Lippen gesehen hatte. „Könnten die Bilder vielleicht vertauscht oder falsch beschriftet worden sein?" fragte sie nervös.

Mulder schüttelte den Kopf. „Nein. Sehen Sie, der eine Schneidezahn hier ist abgebrochen, genau wie der in seinem Mund . . . Diese Röntgenbilder sind von Joe Goodensnake."

Scully schwieg, sie suchte nach einer medizinischen Erklärung. „Nun ja, es gibt Fälle, in denen hohe Dosen von Kalzium-Phosphatsalzen mit der Zeit zu Abnormalitäten . . ."

Mulder nickte ungeduldig. Er stimmte weder zu, noch widersprach er.

Charlie Tskany räusperte sich. „Das könnte erklären, was Jim Parker gesehen haben will. Es war Nacht, und er erwartete, einen Puma zu sehen, der sein Vieh schlägt", erklärte der Sheriff. „Er ist aufgeregt und leuchtet Joe mit der Taschenlampe genau hier hin ..." Er deutete auf Goodensnakes Mund.

„Und so hat Parker gesehen, was er sehen wollte", vollendete Scully Tskanys Gedanken. „Ein Tier."

Mulder war damit nicht zufrieden. „Lyle Parker ist angegriffen worden", gab er zu bedenken. „Er hat genau solche Narben wie Joe."

Nach einer kleinen Pause wandte er sich an den Sheriff. „Können wir hier irgendwo eine Autopsie vornehmen?"

„Warum?"

„Nun, wenn Joes Zähne abnormal sind, könnte eine Autopsie weitere Abnormitäten seiner Anatomie ergeben", entgegnete Mulder. „Es interessiert mich, wie sein Herz und die anderen Organe aussehen."

„Das kann ich nicht zulassen", sagte Tskany barsch und kehrte an seinen Schreibtisch zurück. Mulder beschlich das ungute Gefühl, daß für Tskany die Ermittlungen hiermit beendet waren.

Scully folgte dem Sheriff, sie wollte nicht aufgeben. „Ich bin absolut qualifiziert dafür!"

„Nein." Tskanys Miene wurde finster. „Ich kann Sie

keine Autopsie durchführen lassen. Heute abend wird er beerdigt."

„Er wird verbrannt", murmelte Mulder. „Danach haben wir nichts mehr."

Tskany seufzte müde. „Die Tregos glauben, daß die kürzlich Verstorbenen noch verunsichert darüber sind, nun ein Geist zu sein", erklärte er. „Jede Verletzung der sterblichen Hülle verärgert den Geist und läßt ihn diese Welt heimsuchen."

Scully schnappte nach Luft. Sie war fassungslos, daß Glaubensfragen bei einer Ermittlung den Ausschlag geben sollten. Und dann auch noch ein Glaube an Geister! „Aber Sie sind doch ein Diener des Gesetzes", argumentierte sie. „Sie können doch keine Beweise zerstören."

„Sagen Sie mir nicht, was ich tun kann und was nicht", raunzte der Sheriff. „Wir Indianer glauben, daß es Gesetze gibt, die wichtiger und bedeutsamer sind als die der US-Regierung."

Er starrte die beiden Agenten an und ließ den letzten Satz wirken. „Wenn wir wollen, daß Joe seine Ruhe findet, anstatt als Beweisstück aufgeschnitten zu werden, dann wird es so sein", fuhr er fort. „Und wenn Sie das mit Ihrer *höheren Autorität* verhindern wollen, bitte sehr, versuchen Sie's."

Scully sah Mulder von der Seite an. Als leitender Bundesagent dieser Ermittlung konnte er auf einer

Autopsie bestehen. Doch Scully wußte, daß er es nicht tun würde, – Mulder glaubte ebenfalls, daß es Gesetze gab, die wichtiger waren als die der Regierung. Mulder hatte seine eigenen ungeschriebenen Gesetze, denen er stets Folge leistete, und eines davon war, offen und respektvoll mit dem Glauben anderer umzugehen.

„Charlie“, fragte Mulder statt dessen neugierig, „glauben Sie, daß der Geist von Joe Goodensnake hier in diesem Zimmer ist?“

Der Sheriff blinzelte verwirrt. Scully vermutete, daß er tatsächlich daran glaubte, es aber Bundesagenten gegenüber niemals zugeben würde.

Schließlich antwortete Tskany. „Alles was ich weiß, ist, daß *Sie* morgen wieder fahren werden. Aber ich muß hier bleiben, ich muß mit diesen Leuten leben. Sie können Ihre Ermittlung fortsetzen, aber Sie werden es ohne Joe Goodensnakes Körper tun müssen.“

8

Scully und Mulder erreichten die Begräbnisstätte vor Einbruch der Dunkelheit. Die Zeremonie wurde auf einer Lichtung abgehalten, auf einem Berg hoch oberhalb des Dorfes. Eine Mischung aus karger Öde und majestätischer Erhabenheit gab dem Ort eine besondere Note – unter dunklen Wolken erstreckte sich der Pinienwald bis zum Horizont.

Die Vorbereitungen für die Zeremonie hatten bereits begonnen. Joe Goodensnake lag auf einer rechteckigen Begräbnis-Plattform, die aus Ästen und Zweigen gebaut war. Sein Körper war in weißen Stoff gewickelt, und die beiden weißgesichtigen Totenwächter standen regungslos vor dem Scheiterhaufen. Ein Medizinmann, der eine Wolfshaut trug und mit einer Adlerfeder wirre Muster in die Luft zeichnete, umkreiste den Leichnam.

Aus persönlichem Interesse war Mulder schon häufig Zeuge verschiedenster Indianerrituale geworden. Er wußte, daß Adler als Vögel großer Macht und Kraft galten. Weil kein anderes Wesen so hoch fliegen konnte, glaubten viele Indianer, daß der Adler Gebete und Nachrichten zu den Geistern hinauftrug, die jenseits der Wolken lebten. Als Mulder sah, wie der Medizinmann den Scheiterhaufen mit der Feder umkreiste, wußte er, daß machtvolle Gebete himmelwärts geschickt wurden, um Joe Goodensnakes Geist auf seiner Reise zu helfen.

Mulder und Scully blieben in ihrem Mietwagen und beobachteten die Feier aus der Ferne. Einer nach dem anderen traten die Trauernden an den Scheiterhaufen. Gwen Goodensnake trug eine schwarze Jeans und eine schwarze Jacke. Sie stand nah beim toten Körper ihres Bruders.

„Mulder", begann Scully gepreßt. „Seit wir hier sind, tun Sie so, als hätten Sie nur darauf *gewartet*, all diese Beweisstücke zu finden, die wir gefunden haben. Was verheimlichen Sie mir? Warum sind wir hier?"

Mulder senkte den Kopf und dachte einen Augenblick lang nach. Dann langte er auf den Rücksitz, wo seine Aktentasche lag. Er zog eine eselsohrige, vergilbte Akte mit alter Schreibmaschinenschrift heraus.

„Das ist Geschichte, Scully", sagte er leise. „Die allererste X-Akte. Angelegt von J. Edgar Hoover höchstselbst im Jahre 1946." Er gab ihr die Akte und faßte den Fall zusammen. „Im zweiten Weltkrieg trug sich eine Serie von Morden in und um den Nordwesten zu. Allein sieben hier in Browning."

Scully untersuchte die zerknickten Seiten der Akte.

„Jedes Opfer wurde in kleine Stücke zerfetzt und

gefressen . . . wie von einem wilden Tier“, fuhr Mulder fort. „Dennoch wurden viele der Opfer in ihren eigenen Häusern gefunden, als hätten sie den Killer selbst hereingelassen.“

Scully hörte aufmerksam zu.

„1946 kesselte die Polizei das Tier, dem sie diese Morde zuschrieben, in einer Hütte in Glacier National Park ein. Sie erschossen es. Aber als sie die Leiche herausholen wollten, fanden sie nur den Körper von Richard Watkins.“

„Klingt wie die Geschichte von Parker . . .“

„In jenem Jahr hörten die Morde auf. Weil die Fälle ungelöst und äußerst bizarr waren, schloß Hoover sie weg und hoffte, daß die Leute es mit der Zeit vergessen würden.“

Scully blätterte in den Seiten der Akte. „Hier steht, daß sich dieselbe Art Mord 1954 wieder ereignete“, bemerkte sie.

„Und ’59, ’64, ’78 – und jetzt 1994 erneut. Aber . . .“ Mulder faßte noch einmal nach hinten und wühlte in seiner Aktentasche.

„Jetzt kommt’s“, seufzte Scully. Sie hatte lange genug mit Mulder gearbeitet, um seine Stimme deuten zu können. Jeden Augenblick würde er eine seiner phantastischen Theorien vom Stapel lassen: Alien im Reservat, psychisch deformierte Berglöwen oder . . .

Mulder holte eine weitere Akte hervor, die neuer

aussah. „Diese Mensch-Tier-Morde ereigneten sich um mindestens hundertfünfzig Jahre vor der ältesten X-Akte!“

Scully blätterte die Papiere und Fotos durch, die Mulder zusammengetragen hatte. Er hatte Seiten aus alten Zeitschriften fotokopiert. Die erste Aufzeichnung stammte – handschriftlich – von 1805.

„Mitglieder der Expedition von Lewis und Clark berichten von einem Indianer, der sich in einen Wolf verwandeln konnte . . .“ Mulder wies Scully auf eine andere Seite in der Akte hin: eine Zeichnung, die künstlerische Wiedergabe des Berichts von Lewis und Clark.

Scully betrachtete das Bild. Ein Wesen mit Wolfskopf, menschlichem Körper und wahnsinnigen Augen. Die Reißzähne des Wesens waren in einen hilflosen weißen Siedler geschlagen. Die Zeichnung war phantasievoll – doch nicht sehr überzeugend.

Sie schloß die Akte und sah Mulder offen an. Erwartete er tatsächlich, daß sie das ernst nahm?

„Mulder“, sagte sie geduldig. „Was diese . . . Was diese Akte beschreibt, nennt man Lykanthropie. Das ist eine Form von Wahnsinn, bei der jemand glaubt, er könne sich in einen Wolf verwandeln. Die meisten der alten Geschichten über Werwölfe handeln in Wahrheit von Menschen, die an Lykanthropie leiden. Ich meine, niemand kann sich doch tatsächlich in ein Tier verwandeln . . .!“

Scully gab ihm die Akte zurück und stieg aus dem Wagen. Mulders neueste Theorie war einfach zu lächerlich! Sie öffnete ihren Schirm und ging in Richtung des Scheiterhaufens. Ein kalter Wind wehte von den Berggipfeln herab. Es regnete wieder.

Mulder gesellte sich zu ihr. „Wie können Sie einfach über die Beweise hinweggehen?“ fragte er leise. „Die Spuren im Schlamm. Die Hautfetzen. Ein Mann mit den Zähnen einer Bestie.“

Scully verlor die Geduld. „Mulder!“ rief sie laut gegen den Wind. „Selbst wenn Sie recht haben, selbst wenn Joe Goodensnake was-weiß-ich-warum tatsächlich die Möglichkeit hatte, sich in ein Tier zu verwandeln: Er ist tot.“ Sie nickte in Richtung des Scheiterhaufens. „Jim Parker hat ihn erschossen, und bald schon wird sein Körper verbrannt werden. Damit ist die Sache zu Ende.“

„Hoffen wir’s.“ Mulders Stimme war ausdruckslos.

Scully ging einige Schritte zur Seite – sie wollte sich wieder beruhigen. Werwölfe! Als nächstes würde Mulder wahrscheinlich Vampire jagen wollen. Oder Moorgeister!

Sie ging langsamer und konzentrierte sich jetzt auf das, was vor ihren Augen geschah. Der tranceartige Tanz des Medizinmanns ... Joe Goodensnakes Körper, der darauf wartete, verbrannt zu werden. Sie dachte an die Fänge in Goodensnakes Mund. Die Narben auf seiner Brust. Die Narben, die den Wunden Lyles so ähnlich waren. An die Kuh, die zerfetzt worden war.

Scully glaubte keine Sekunde, daß Goodensnake sich in eine Art Monster verwandelt hatte. Doch *irgend etwas* ging hier vor sich. Etwas . . . Mysteriöses. Und Mulder und sie waren hier, um es aufzuklären.

9

Es dämmerte. Der Sonnenuntergang färbte den Himmel unwirklich rot. Mulder hatte das Gefühl, der flammende Himmel spiegelte das Feuer, das bald Joe Goodensnakes Körper vernichten würde. Vor dem Scheiterhaufen betete noch immer der Medizinmann, und in der Luft lag der Geruch von Zedernholz und Salbei. Wie so viele Indianerrituale würde auch dieses noch Stunden dauern.

Immer mehr Menschen versammelten sich, um von Joe Goodensnake Abschied zu nehmen. Mulder erkannte den großen, grauhaarigen Mann, der mit ihm im Billard-Salon gesprochen hatte. Er nickte ihm respektvoll zu, ohne eine Reaktion zu erhalten.

Scully beobachtete Gwen Goodensnake. Die junge Frau stand allein, weit entfernt von allen anderen. In ihren Augen glitzerten keine Tränen, doch Scully konnte die Trauer, den unermeßlichen Schmerz an ihrer Körperhaltung erkennen. Gwen sah aus, als wäre sie krank – und vollkommen allein auf der Welt. Mit glasigen Augen betrachtete sie die Plattform, doch ihr Verstand schien nicht zu fassen, was ihre Sinne ihr vermittelten.

Scully kam langsam näher.

Gwen drehte sich nicht einmal um. Mit spröder Stimme sagte sie: „Sie gehören hier nicht her."

„Gwen . . ."

„Sie sind nur hier, um Ihre Ermittlungen zu führen!"

Scully wußte, daß hier weder Zeit noch Ort waren, um zu streiten. Sie zog sich wieder zurück, doch dann blieb sie stehen und sagte: „Ich wollte nur sagen, daß es mir leid tut. Ich trauere mit jedem, der einen Teil seiner Familie verliert."

„Einen *Teil*?" rief Gwen verbittert.

Scully schwieg.

„Er war meine *ganze* Familie." Gwens Stimme brach. „Jetzt bin ich allein."

Scully stand stumm neben der Trauernden und fühlte sich hilflos wie schon lange nicht mehr. Sie wünschte sich aufrichtig, Gwen helfen zu können. Doch als Fremde, als eine verhaßte Weiße, gab es nicht viel, was sie sagen, geschweige denn tun konnte . . . Vor allem, weil Gwen recht hatte: Wenn es den Fall nicht gäbe, wären Mulder und sie nicht hier.

Gwen drehte sich um und sah die Agentin an. Für ihre nächsten Worte brauchte sie all ihre Beherrschung. „Als Zeichen meiner Trauer wird von mir erwartet, daß ich den gesamten Besitz meines Bruders weggebe . . ."

Sie hielt Scully ein kunstvoll geknüpftes Armband hin, verziert mit Federn, zwei Bärenkrallen, einem Puma-Zahn. Scully wußte nicht viel über die Traditionen der Indianer – sie wußten nur, daß sowohl Bärenkrallen als auch die Zähne des Berglöwen als Symbole für großen Mut betrachtet wurden. Joe Goodensnake mußte ein tapferer Mann gewesen sein.

Scully war überrascht und bewegt, als Gwen ihr das Armband überreichte. „Gwen ... Ich ... Ich weiß nicht, was ich sagen soll“, protestierte sie schwach.

„Keine große Sache.“ Gwens Stimme war wieder bitter. „Mein Bruder hatte mehr Eigentum als Freunde ...“ Bevor Scully reagieren konnte, ließ Gwen sie stehen und fuhr sich im Gehen energisch mit dem Handrücken über die Augen.

Mulder war der erste, der bemerkte, daß Charlie Tskany kam und mit bekümmerter Miene aus seinem Jeep stieg. Unter seinem Sheriff-Parker trug er einen dunklen Anzug. Er stellte sich weit hinter die Trauernden und blickte auf den Scheiterhaufen.

Mulder ging zu ihm hinüber. „Ich habe den Bericht Ihrer Untersuchung des Mordes an Goodensnake gelesen ... Sehr gut. Gründlich, professionell. Aber ich möchte etwas Inoffizielles wissen ... Was, glauben Sie, ist wirklich passiert?“

Der Sheriff sah Mulder aus den Augenwinkeln an.

„Ihre Erklärung, Agent Mulder, liegt dort auf dem Scheiterhaufen“, entgegnete er. „Warum akzeptieren Sie das nicht einfach und gehen nach Haus?“

Doch Mulder gab nicht auf – er wußte, daß die Ermittlungen möglicherweise gelaufen waren und daß dies vielleicht seine letzte Chance war, Fragen zu stellen. „Charlie ... Glauben Sie daran, daß Menschen ihre äußere Form verändern können?“

Tskany sah Mulder nicht an. Er blickte weiter zum toten Körper seines Stammesbruders hinüber. „Dies ist ein Begräbnis“, war seine lapidare Antwort.

Als die letzten Sonnenstrahlen verschwunden waren, wurde eine Fackel angesteckt, und der Medizinmann senkte sie auf das Holz. Orangene Flammen züngelten hinauf zu den Sternen und sandten beißenden, heißen Rauch in die Nacht.

Als das Feuer in der Dunkelheit loderte, klopften einige Männer einen langsamen, stetigen Rhythmus auf einer großen Trommel. Sänger stimmten die Lieder an, die seit Generationen zu dieser Zeremonie gehörten. Für Mulder klangen die hochstimmigen monotonen Lieder wie Trauerschreie. Unheimlich, uralt und wunderschön.

Wind fuhr in den Scheiterhaufen und ließ das Feuer gieriger um sich greifen. Der widerlich süße Geruch verbrannten Fleischs erfüllte die Luft ... Über die Musik der Trommel und der Sänger hinweg konnte man auf einmal Huftritte hören. Mulder drehte sich um und sah zu seiner Überraschung Lyle Parker aus dem Wald reiten.

Lyle verharrte am Rande der Lichtung. Er nahm seinen Hut ab, saß ruhig da und beobachtete die Zeremonie vom Rücken seines Pferdes aus.

Als das Pferd leise wieherte, wurde Gwen aufmerksam. Sie wandte sich um – und Wut entstellte ihre schönen Züge. Sie eilte auf Lyle zu. Tskany und die beiden FBI-Agenten folgten ihr augenblicklich.

„Verschwinde hier!“ schrie sie.

„Bitte“, sagte Lyle kläglich. „Ich möchte nur meinen Respekt erweisen.“

„Ich will deinen *Respekt* nicht.“ Gwens Stimme vibrierte vor Zorn und Schmerz. „Ich will, daß dein Herz kalt wird. Ich will, daß du fühlst, was *ich* fühle. Ich will . . .“ Ihr fehlten die Worte – und sie spuckte ihn an.

Lyle antwortete nicht, aber er senkte den Blick, als schäme er sich.

„Ich denke, Sie sollten besser gehen, Mister Parker“, schlug der Sheriff vor. Er legte Gwen eine Hand auf die Schulter, doch sie schüttelte sie ab.

Lyle sah unglücklich aus. Scully hatte den Eindruck, daß er Goodensnakes Tod ernsthaft bedauerte. Lyle hat es gut gemeint, dachte sie, deshalb ist er zur Einäscherung gekommen. Aber er hat die Dinge nur schlimmer gemacht . . . und das weiß er.

Lyle setzte seinen Hut wieder auf. „Ich wünschte mir, Ihr Bruder könnte hier sein“, sagte er zu Gwen. „Ich wünsche mir das mehr als alles andere.“

Gwen antwortete nicht und drehte sich brüsk um. Sie kehrte auf ihren Platz am Feuer zurück, sah nicht einmal auf, als Lyle davonritt.

Mulder beobachtete Gwen, deren Gesicht nur von den Flammen erhellt wurde. Sie starrte ins Feuer, tieftraurig, aber stolz, und schwankte ein wenig im Rhythmus der Trommel.

Mulder konnte den Körper in den Flammen nicht mehr erkennen. Hatte Joe Goodensnake seine Gestalt verändern können, fragte er sich. Erzählte Parker die Wahrheit? Hatte sich Goodensnake in eine Bestie verwandelt – in jener Nacht, als er sterben mußte? Es war vorbei. Eine weitere X-Akte bleibt ungelöst, dachte Mulder. Ein weiteres Rätsel.

Mit hängenden Schultern starrte er ins Feuer. In den wilden Tanz der Flammen, die Joe Goodensnake zurück zum Großen Geist geleiteten.

10

Meilenweit von der Lichtung entfernt, auf der Joe Goodensnakes Einäscherung stattfand, saß Jim Parker in einem Schaukelstuhl auf der Veranda seines Ranchhauses. Es war eine kalte, sternklare Nacht, er schaukelte leise hin und her und ließ den Tag Revue passieren. Er hatte den Zaun repariert, der in der Nacht zerbrochen war, als Lyle angegriffen worden war. Er hatte Stunden damit verbracht, ein neues Pferd einzureiten. Er hatte eine Fuhre Heu abgeladen und die Scheune winterfest gemacht. Nach einem langen Tag, ausgefüllt mit harter Arbeit, war dies seine liebste Art, den Abend zu verbringen. Mit einem Becher Kaffee in seinem Schaukelstuhl zu sitzen . . . die Sonne untergehen und den Mond aufgehen zu sehen.

Vor ungefähr einer Stunde war es dunkel geworden. Der Nachthimmel war schwarz und sternenübersät. Parker ließ sich vom Kaffeebecher die Hände wärmen und beobachtete, wie die dunkle Flüssigkeit im Takt des Schaukelstuhls hin und her schwappte. Er fragte sich, wo Lyle war. Der Junge war gleich nach dem Essen davongeritten, und seitdem hatte Parker ihn nicht mehr gesehen.

Flüchtig dachte er an Joe Goodensnake. Den Indianerjungen zu erschießen war ... ein Schock gewesen. Er hätte schwören können, daß es ein Tier war, das Lyle angegriffen hatte. Doch jetzt war die Sache für ihn erledigt. Jetzt war wenigstens das Vieh wieder sicher – und das war für ihn das wichtigste.

Der Wind wurde kühler. Parker stellte seinen Kragen auf und lauschte den Geräuschen des Abends. Grillenzirpen. Verhaltenes Muhen. Das leise Schnaufen der Pferde. Windspiele in der Brise. Das Knirschen des Schaukelstuhls auf dem Holz des Verandabodens. Alles war friedlich.

Er nippte an seinem Kaffee und gab sich einem Gefühl des Wohlbehagens hin.

Doch dann ... hörte er es. Ein leises, entferntes Knurren. So leise, daß er nicht sicher war, es wirklich vernommen zu haben.

Er hörte auf zu schaukeln und legte den Kopf zur Seite. Lauschte.

Nur die Windspiele waren zu hören.

Dann flaute der Wind ab, und ihr Klang verhallte.

Doch auch die Kühe und Pferde wurden still, die Grillen verstummten. Alle Geräusche der Nacht erstarben wie durch ein magisches Zeichen.

Parker bekam eine Gänsehaut. Die Stille war unheimlich. Unnatürlich. Auf dem Land war keine Nacht so still ...

Vorsichtig stellte er seinen Kaffeebecher ab.

Der Schaukelstuhl wippte noch ein paarmal hin und her, als Parker aufstand. Langsam stieg er von der Veranda herunter. Das Leder seiner Cowboystiefel quietschte leise im Takt seiner Schritte – das einzige Geräusch, das ihn durch die Nacht begleitete.

Parker ging auf den Pferch zu. Blieb stehen, lauschte in die absolute Stille hinein. Nichts. Vielleicht hatte er sich das Knurren nur eingebildet. Was in der letzten Zeit passiert war, reichte aus, um auch einen erfahrenen Rancher nervös zu machen. Er ging zum Haus zurück, um seine Waffe zu holen. Sicher war sicher.

Er hörte es nicht kommen.

In der einen Sekunde war die Nacht still und unbewegt.

In der nächsten war es direkt hinter ihm. Etwas, das kräftig genug war, ihn mit dem Gesicht voran gegen die Stufen zu schmettern.

Parker wandte trotz der stechenden Schmerzen den Kopf, um seinen Angreifer zu sehen. Er hatte wütenden Bären ins Antlitz geblickt, Wölfinnen, die ihre Jungen verteidigten, und einem tollwütigen Puma. Doch so . . . etwas hatte er noch nie gesehen. Ein zweibeiniges Wesen mit einem muskulösen, behaarten Körper. Einer ledrigen geifernden Schnauze. Wilden, rotbrennenden Augen. Klauen wie gebogenen Rasierklingen. Die Bestie war halb Tier, halb Mann. Parker wußte, daß dieses *Wesen* sein Vieh gerissen hatte. Und er wußte, daß es heute nacht gekommen war, um ihn zu töten.

Eiskaltes Blut raste durch Parkers Adern. Die Angst lähmte ihn – anders als in der Nacht, in der er Joe Goodensnake erschossen hatte. Damals hatte er das Leben seines Sohnes gerettet, heute war der Kampf um sein eigenes schon verloren.

Parker versuchte dennoch zu entkommen. Wenn er nur ins Haus gelangen und sein Waffe greifen könnte. Wenn er nur bis zum Telefon käme. Wenn er wenigstens die massive Holztür zwischen sich und dieses Wesen bringen könnte.

Parker hatte keine Chance.

Er hatte noch nicht mal einen Schritt getan, als er mit so großer Gewalt in den Schaukelstuhl gestoßen wurde, daß das Holz unter ihm zersplitterte.

Einen Augenblick lang lag Parker benommen da. Blut sickerte über seine Stirn. Das Knurren hinter ihm wuchs zu einem wahnwitzigen Röhren. Parker wandte sich um ... und sah das Biest in einer bizarren Zeitlupe direkt auf sich zu stürzen.

Panisch versuchte er, sich aufzustemmen und zur Seite zu rollen. Seine Fingernägel schrammten über die Stufen, der Schmerz von tausend Stecknadeln schoß durch seine Arme. Dann wurde er gepackt und hoch in die Luft gehoben.

Die Todesangst setzte letzte Reserven frei ... doch er war nicht schnell genug. Nicht stark genug. Nicht geschickt genug.

Er war verloren.

Parkers Schrei hallte hohl durch Montanas Nacht, als sein Blut bis hinüber zum Kaffeebecher spritzte und in den Rest der Flüssigkeit tropfte.

Dann lag erneut unnatürliche Stille über der Ranch ... bis schließlich der Wind zurückkehrte und die Windspiele ihr leises Klingen in die kühle Nachtluft schickten.

11

Am nächsten Morgen stiegen Scully und Mulder in ihren Mietwagen und fuhren zum Flughafen. Der Fall war offiziell abgeschlossen. Es war Zeit, nach Washington ins FBI-Hauptquartier zurückzukehren.

Scully saß am Steuer, während Mulder zum Fenster hinausstarrte.

„Sie sind froh, daß wir zurückfahren, nicht wahr, Scully?"

„Wir haben hier nichts mehr zu suchen ..."

„Glauben Sie, daß es jemals etwas zu suchen gab?"

Scully zuckte mit den Achseln. „Ich habe noch nicht mal *einen* Beweis gesehen, daß es Wesen gibt, die ihre Gestalt verändern können. Ich glaube, diese X-Akte ist mit Joe Goodensnakes Tod in eine Sackgasse geraten. Aber ... Mulder, gehen wir mal davon aus, wir hätten beweisen können, daß Goodensnake irgendeinen genetischen Defekt hatte ... daß er sich in ein Tier verwandeln konnte. Was dann?"

„Dann hätten wir vielleicht verhindern können, daß es sich wiederholt."

„Wie stellen Sie sich das vor? Das wäre, als wolle man verhindern, daß jemand mit blondem Haar geboren wird. Oder mit schwarzer Haut. Wir wissen noch nicht genug über Genetik, daß wir . . .“

„Vielleicht handelt es sich in diesem Fall gar nicht um einen angeborenen Defekt“, wandte Mulder ein. „Vielleicht . . .“

Er unterbrach sich, als sein Handy klingelte. „Mulder hier!“

Scully konnte Mulders Anteil an dem Gespräch nicht entnehmen, was los war. Als er fertig war, klappte er das Telefon zusammen und sagte: „Wir müssen umkehren.“

„Warum?“

„Wir müssen zurück zur Two Medicine Ranch. Jim Parker ist tot. Sie glauben, daß es letzte Nacht passiert ist . . . Die Polizei geht davon aus, daß er von einem wilden Tier angegriffen wurde.“

Eine Stunde später trat Scully aus Parkers Ranchhaus. Sie hatte mit dem Leichenbeschauer und den beiden Polizisten aus Browning gesprochen, die sich am Tatort befanden.

Jim Parkers Körper lag auf der Veranda, überdeckt mit einer Plastikplane. Scully hob die Plane an und zuckte zurück. Parkers Tod mußte grauenhaft gewesen sein.

In der Nähe blitzte eine Kamera, als ein anderer Polizist den Tatort fotografierte. Sheriff Tskany stand am Fuß der Verandatreppe und las einen Bericht, den einer der Officer ihm gegeben hatte.

Scully ging zu ihm hinüber. „So wie der Körper verstümmelt ist, würde ich sagen, daß Parker von einem großen Angreifer attackiert worden ist“, bemerkte sie. Dann fiel ihr noch eine andere Möglichkeit ein. „Vielleicht soll es aber auch nur so aussehen . . .“

Tskany schwieg.

„Sheriff, glauben Sie, das war ein Racheakt? Für den Tod von Joe Goodensnake?“

„Ich weiß nicht.“ Tskany hob die breiten Schultern.

„Haben Sie Gwen Goodensnake verhört? Letzte Nacht war sie ziemlich wütend.“

„Sie ist verschwunden . . . Seit der Beerdigung hat sie niemand mehr gesehen.“

Scully zügelte ihre Ungeduld. Ihrer Meinung nach war Gwen die Hauptverdächtige – wie konnte der Sheriff ihr Verschwinden nur so gelassen hinnehmen?

Als habe er ihre Gedanken gelesen, sagte Tskany ruhig: „Ich habe einen Haftbefehl ausgestellt.“

Scully nickte anerkennend. Tskany paßte es vielleicht nicht, mit den Feds zusammenzuarbeiten, doch er war ein guter Cop.

„Was ist mit Lyle Parker?“

„Tut mir leid, Agent Scully. Den können wir auch nicht finden."

„Vielleicht ist ihm auch was zugestoßen", sagte Scully besorgt. „Ich seh mich mal um."

Tskany nickte bedächtig, als Scully sich entfernte. Dann ging er langsam auf die Leiche zu, um einen Blick darauf zu werfen und sein Bild vom Geschehen zu vervollständigen.

Auf der ersten Stufe hielt er inne. Seine linke Hand, in der er den Polizeibericht hielt, zitterte, seine Knie wurden weich. Blitzartig wurde Tskany klar, was er sich bisher nicht eingestanden hatte: Er wollte Parkers Leiche nicht sehen. Um keinen Preis der Welt. Er wußte, was er finden würde. Und es machte ihm angst.

Fast eine Meile vom Tatort entfernt forschte Mulder nach Beweisen. Er stand auf einem Hügel am äußersten Ende des Pferchs und sah sich suchend um, dann bückte er sich und nahm ein krauses braunes Fellbüschel vom Boden auf. Er würde einen Experten brauchen, um sicherzugehen . . . doch für ihn sah dieses Haar nicht nach Kuh, Wolf oder Berglöwe aus. Mulder hatte so etwas noch nie gesehen – und er war durchaus bereit zu wetten, daß das auch für die meisten Labore galt.

Geduldig fuhr er fort, den Boden am Ende des Pferchs zu überprüfen.

Und schließlich fand er, wonach er gesucht hatte.

Noch ein Stück Haut. Ein Stück abgelöster durchsichtiger Haut – diesmal in Form eines menschlichen Gesichts.

Scully zog immer weitere Kreise um das Ranchhaus, damit ihr auch nicht der kleinste Hinweis entging. Sie näherte sich einem Bereich neben dem Gatter, wo Parker ein paar Tiere in Drahtkäfigen hielt: Hühner, Kaninchen und einige Ziegen.

Zwei goldene Tieraugen beobachteten sie. Die Augen eines gefährlichen Angreifers, die ihren Bewegungen wie hypnotisiert folgten.

Ein tiefes, heiseres Knurren ließ sie herumwirbeln ... Scully starrte einem riesigen Puma ins Gesicht, dessen Schwanzspitze ägerlich hin und her zuckte.

Bevor sie reagieren konnte, sprang das Raubtier mit gefletschten Zähnen auf sie zu – und wurde vom Drahtgitter seines Käfigs gestoppt.

Scully brauchte einige Sekunden, um sich zu fassen. Sie schluckte schwer. Warum um alles in der Welt hatte Parker einen Berglöwen eingesperrt? Sie dachte an seine ausgestopften Jagdtrophäen. Hatte er für den Puma ein ähnliches Schicksal vorgesehen? Kopfschüttelnd entfernte sie sich von dem knurrenden Tier und setzte ihren Rundgang fort.

Ein ganzes Stück von den Käfigen entfernt entdeckte sie eine dunklen Gegenstand am Boden. Furcht griff nach ihr und legte sich wie eine kalte Hand um ihr Herz. Scully wollte sich dem Ding nicht nähern und setzte doch einen Fuß vor den anderen.

Als der Schemen deutlicher zu erkennen war, wandelte sich ihre Angst in Bestürzung: Lyle Parkers Körper lag regungslos in einer schlammigen Pfütze.

Sheriff Tskany kniete sich hin und hob vorsichtig die Plastikplane an, die Jim Parkers Körper bedeckte. Er wollte Gewißheit, er brauchte Gewißheit, um seine Panik zu vertreiben. Schnell flog sein Blick über das Opfer. Er entdeckte etwas Ungewöhnliches, faßte mit der anderen Hand unter die Plane und zog es hervor. Mit zusammengezogenen Brauen betrachtete er sein Fundstück von allen Seiten.

Mulder ging auf die Veranda zu und sah, daß Tskany eine Kralle in der Hand hielt. Eine abgebrochene, rasiermesserscharfe Kralle.

„Die ist von keinem Tier, das ich kenne“, brach Mulder die Stille.

Tskany hob überrascht den Kopf, sagte aber nichts.

„Sheriff ... Ich glaube, wir sollten uns mal unterhalten.“

Wieder einmal antwortete Tskany mit Schweigen.

„Ideenaustausch?“ schlug Mulder vor. Er versuchte, den Sarkasmus in seiner Stimme zu mildern, doch allmählich war er es leid, daß Tskany seine Geheimnisse für sich behielt, während um sie herum Menschen in Fetzen gerissen wurden. Mulder wartete.

Schließlich räusperte sich Tskany, als wolle er antworten. Doch in diesem Augenblick erschien Scully an der Ecke des Hauses: Sie hatte Lyle Parker bei sich, der in eine dicke Pferdedecke gewickelt war. Der junge Mann schwankte beim Gehen. Er war geisterhaft blaß und hatte dunkle Ringe unter fiebernden Augen. Und obwohl die Temperatur kaum acht Grad betrug, schwitzte er.

Scully begleitete Lyle zum Mietwagen und half ihm auf den Rücksitz. „Ich fahre ihn ins Krankenhaus“, rief sie zu den Männern hinüber. „Er ist unterkühlt. Wenn sie sich dort um ihn gekümmert haben, werde ich ihn verhören.“

Mulder nickte, Scully stieg ein und brauste davon. Er wandte sich wieder an Tskany. Die Zeit der Spielchen war vorüber. Jetzt wollte er Antworten. „Was verschweigen Sie, Sheriff?“

Tskany starrte zu Boden. „Ich dachte, es wäre vorbei“, murmelte er. Er schien mehr mit sich selbst als mit Mulder zu reden.

„Vorbei?“ echote Mulder. „Wollten Sie deswegen keine Autopsie an Joe Goodensnake erlauben? Sie dachten, der Spuk würde aufhören, wenn sein Körper verbrannt wäre? Was sollten wir gestern nicht herausfinden?“

Tskany blickte hinunter auf Parkers Leiche, dann sah er dem FBI-Agenten genau in die Augen. „Ich kann es Ihnen nicht sagen . . . Aber ich bringe Sie zu jemandem, der das kann.“

12

Die Grove Medical Clinic in Browning war ein kleines, zweistöckiges Holzgebäude. In einem Zimmer im ersten Stock wartete Scully im Hintergrund, während eine Krankenschwester Lyle Parker Blut abnahm.

Scully sah sich im Zimmer um. Die Einrichtung des Krankenhauses schien aus den 30er Jahren zu stammen. Ich hoffe nur, daß die Ausstattung der Klinik etwas moderner ist, dachte sie und nagte an ihrer Lippe.

Als die Krankenschwester das Zimmer verlassen hatte, näherte sich Scully dem Bett. Lyle hatte den Kopf auf das Kissen gestützt. Immer noch war er blaß und erschöpft.

Scully fragte sich, was mit ihm passiert war, nachdem er in der Nacht zuvor Goodensnakes Begräbnis verlassen hatte. Wußte er, daß sein Vater tot war? War er ebenfalls angegriffen worden von dem ... von dem Wesen, das seinen Vater getötet hatte? Und wenn nicht, was war ihm dann zugestoßen?

Lyle schien ihre Fragen zu spüren. „Ich weiß nicht, was nach der Einäscherung passiert ist. Ich war ziemlich durcheinander“, begann er mit leiser Stimme. Er zögerte, wich ihrem Blick aus. „Ich bin zurück zur Ranch geritten und . . . Danach erinnere ich mich an nichts mehr.“

Er zuckte, und Scully war sich nicht sicher, ob ihn physische Schmerzen oder seine Erinnerungen quälten.

„Manchmal, wenn es mir schlecht geht“, fuhr Lyle schleppend fort, „gehe ich da hin, wo Vater und ich die Tiere halten. Viele von ihnen kommen irgendwann verletzt oder auf der Suche nach Futter auf die Ranch. Ich sehe ihnen einfach zu, verstehen Sie. Das holt einen auf den Boden zurück.“

Scully nickte ihm aufmunternd zu.

„Der Puma dort draußen . . . Ich konnte ihn stundenlang hin- und herlaufen sehen. Konnte beobachten, wie seine Muskeln sich bewegen. Seine Augen, diese goldenen Augen. Diese Augen wissen nichts von Anwälten und Streit um Land . . .“

Er unterbrach sich, als sei ihm die ganze Sache ein wenig peinlich, dann aber sprach er weiter. „Wie auch immer . . . Meine Mom, als sie noch am Leben war, sie hat damit angefangen, diese Tiere zu behalten. Ich glaube, wenn ich dahin gehe, dann denke ich auch an sie.“

Er lächelte und schüttelte den Kopf. „Ich muß ziemlich neben mir gestanden haben, daß ich da einfach so rumgelaufen bin. Vielleicht hab ich gedacht, ich wäre eins von den Tieren."

„Als Sie von dem Begräbnis nach Hause kamen", fragte Scully sanft, „haben Sie da mit Ihrem Vater geredet?"

Lyle dachte einen Augenblick nach, bevor er antwortete. „Nein. Er wäre wütend gewesen, daß ich zu der Zeremonie gegangen bin. Ich . . . Ich sehe ihn vor mir . . . wie er auf der Veranda sitzt . . . aber ich erinnere mich nicht, mit ihm gesprochen zu haben. Warum?"

Scully begriff, daß Lyle nicht wußte, was mit seinem Vater geschehen war. Also war sie diejenige, die es ihm mitteilen mußte.

„Ihr Vater ist tot", sagte sie so behutsam wie möglich.

Lyle starrte sie an – sein Blick bettelte, diesen Satz zurückzunehmen.

„Es tut mir leid . . ."

Lyle schloß die Augen, und Scully wußte, daß er mit den Tränen kämpfte.

„Offensichtlich ist er von einem Tier angegriffen worden", fuhr sie fort, weil sie wollte, daß er möglichst viele Informationen bekam. „Aber ich vermute, daß es auch Mord gewesen sein könnte."

Lyle hörte ihr schweigend zu. Er ballte die Fäuste und rang mit seinem Schmerz. Normalerweise hatte

Scully eine unumstößliche Regel: Sie ließ sich niemals persönlich mit den Menschen ein, die sie bei ihren Ermittlungen kennenlernte. Niemals. Doch sie konnte nichts dagegen tun, daß ihr Lyle Parker zutiefst leid tat.

„Lyle“, sagte sie vorsichtig. „Ich habe meinen Vater auch erst kürzlich verloren, und ich weiß, wie überwältigend . . .“

„War es meine Schuld?“ unterbrach sie Lyle, immer noch mit geschlossenen Augen.

Die Frage brachte Scully aus dem Gleichgewicht.

„Weil ich bei der Trauerfeier war. Habe ich sie so wütend gemacht, daß sie meinen Vater umgebracht haben?“

„Ich weiß es nicht“, antwortete Scully wahrheitsgemäß.

Lyles Züge verkrampften sich, und etwas in ihm zerbrach. „Mit dem Tod kann ich umgehen, wissen Sie . . . Wenn man auf einer Ranch lebt, im Einklang mit der Natur, dann sieht man, wie es ist. Man wird geboren. Man stirbt. Alles andere ist dazwischen. Das kann ich akzeptieren.“

Scully nickte.

„Aber wenn *ich* daran Schuld bin. Wenn *ich* es verursacht habe . . . Ich . . . Ich könnte nicht . . . Ich . . .“

Er gab auf und schluchzte. Scully legte ihm beruhigend die Hand auf den Arm. Es gab viel, was sie sagen, aber nichts, was sie tun konnte . . . außer Lyle Parker Zeit zu lassen. Die Zeit zu trauern.

13

Mulder hatte das Gefühl, daß Charlie Tskany und er schon mindestens eine Stunde unterwegs waren, seit sie Two Medicine Ranch verlassen hatten. Tskany hatte kein einziges Wort mehr verloren – nicht über Jim Parkers Tod, nicht darüber, wohin sie fuhren. Oder wen sie dort treffen würden.

Etwa zehn Minuten zuvor hatte Tskany den zweispurigen Highway verlassen und war in einen sandigen Weg eingeschert, der durch den Wald führte. Jetzt bog Tskany von diesem Weg ab und hielt vor einem kleinen Holzhaus.

Ein ausgeblichener Rinderschädel hing von einem der Pfosten, die das Dach stützten. Unter dem Schädel wehten bunte Stoffstreifen, Gebetsbänder, im Wind. Mulder erkannte die Farben der geheiligten sechs Richtungen: Rot für den Norden, Gelb für den Osten, Weiß für den Süden, Schwarz für den Westen, Blau für den Himmel und Grün für die Erde. Mulder hatte einmal einen Medizinmann der Lakotas beobachtet, wie er die Gebetsbänder im Innern einer Lodge anbrachte. Immer wenn er sie verknotete, murmelte er dabei ein Gebet an die Geister der entsprechenden Richtungen.

Ein Stapel Feuerholz ragte an einer Seite des Hauses auf. Alte Autokarosserien und Motorräder standen vor dem Haus und rosteten vor sich hin. Das einzige funktionsfähige Fahrzeug schien ein alter Pickup zu sein.

Tskany parkte neben dem Pickup, und Mulder stieg aus. „Das ist Ishs Haus“, brach der Sheriff endlich seine Schweigen.

Bevor Mulder fragen konnte, wer Ish war, öffnete sich die Tür.

Der grauhaarige Mann aus der Billardhalle stand da und musterte sie mit seinen ruhigen, klaren Augen. Er war nicht im geringsten überrascht, sie zu sehen. Mulder hätte darauf wetten können, daß er auf sie gewartet hatte.

Ish bedeutete Tskany und Mulder, ihm ins Innere zu folgen. Sie betraten einen länglichen Raum, der in Küche und Schlafbereich unterteilt war. Das Haus war mit Kerzen und einigen kleinen Lampen erhellt, der süßliche Duft von Zedernholz hing in der Luft.

In Windeseile sammelte Mulder seine Eindrücke: dies war das Haus eines Weisen. Überall Bücherstapel. Ein Doppelbett war mit einer Wolldecke bedeckt, die in einem geometrischen Navajo-Muster gewebt war. Ein zeremonieller Medizin-Schild, wie er früher im Kampf als Schutz getragen wurde, hing an der Wand.

Gegenüber war ein großes Poster von Sitting Bull befestigt – jenem Sioux-Anführer, der 1868 an den

Friedensverhandlungen mit der Regierung der Vereinigten Staaten teilgenommen hatte. Als die Regierung später die ausgehandelten Vereinbarungen brach, führte Sitting Bull seine Krieger in die legendäre Schlacht am Little Bighorn, in der General Custers Armee besiegt wurde.

Für Mulder war das Poster nur eine weitere Erinnerung an die nie gelösten Differenzen zwischen den amerikanischen Ureinwohnern und der Regierung der Vereinigten Staaten. Er wußte, daß der Staat die Indianer wieder und wieder betrogen hatte, und so konnte er verstehen, daß Ish einem Abgesandten der Regierung nicht traute. Trotzdem hoffte er, daß der Weise ihnen helfen würde – griff der geheimnsivolle Killer doch Weiße und Tregos gleichermaßen an.

Ish bot Mulder und Tskany dampfenden Kräutertee an. Dann setzte er sich auf einen verblaßten Teppich, der den Holzboden bedeckte, und gab den beiden Gesetzeshütern ein Zeichen, ebenfalls Platz zu nehmen.

Er machte sich nicht die Mühe, zu fragen, warum sie gekommen waren. Er wußte es.

„Ich habe es einmal gesehen“, begann er. „Mit meinen eigenen Augen. Das ist lange Zeit her. Solange, daß es ein Traum zu sein scheint. Ich war damals ein Junge.“

Mulder ging im Geiste die X-Akte durch. „1946? Der Fall Watkins?“

Ish nickte anerkennend. „Ich habe das Gefühl, daß Sie anders sind, FBI. Sie sind offener für den indianischen Glauben, sogar offener als mancher unserer Brüder."

Tskany senkte den Blick – die Bemerkung war eindeutig auf ihn gemünzt.

Der alte Mann wandte sich wieder an Mulder. „Sie haben sogar einen indianischen Namen ... Fox. Sie sollten Running Fox oder Sneaky Fox heißen."

Ein Lächeln huschte über Mulders Gesicht. „Solange es nicht *Spooky* Fox ist ..."

„Sie kennen die sechs geheiligten Richtungen?" fragte Ish.

Mulder nickte, leicht irritiert, daß Ish das Thema wechselte. Doch er beantwortete die Frage des Alten und benannte die Richtungen in der Reihenfolge, in der sie in der Lodge aufgerufen worden waren. „Osten, Süden, Westen, Norden, der Himmel über uns und die Erde unter uns."

„Ja ... Und es gibt eine siebte. Der müssen Sie folgen, FBI."

Mulder sah ihn erwartungsvoll an.

„Die siebte Richtung ist die, die manchmal am schwersten zu finden ist." Ish legte eine Hand auf seine Brust. „Ins *Innere*. Zum Herzen. Das ist die Richtung, der Sie folgen müssen."

Mulder schwieg einen Augenblick. Sein ganzes Leben hatte er bisher mit dem Versuch verbracht, dieser siebten Richtung zu folgen. Er hatte seinen Instinkten vertraut, selbst wenn niemand an seine Ideen glaubte. Dieser Weg hatte ihn oft dem Hohn und dem Spott seiner Umwelt ausgeliefert. Dieser Weg hatte ihn aber auch zu den X-Akten geführt . . . und in Ishs Hütte.

Mulder besann sich auf den Zweck ihres Besuchs. „Sagen Sie, Ish . . . Was haben Sie gesehen? Damals."

Ish seufzte und kramte in seiner Erinnerung. „Watkins war einmal von einem Tier angegriffen worden, als er allein im Wald war", erklärte er. „Seine Narben waren verheilt, und es war vergessen. Doch dann begann das Morden. Watkins war von etwas angegriffen worden, das wir einen *Manitou* nennen. Manitou steht für die mysteriöse Kraft, die überall in der Natur zu finden ist. Aber es ist auch ein Wort für den bösen Geist, der einen Mann in ein Ungeheuer verwandeln kann. Von einem Manitou angegriffen zu werden, bringt das Opfer dazu, selbst ein Manitou zu werden."

„Die verheilten Narben auf Joe Goodensnakes Körper . . ."

Ish nickte. „Wie die Narben auf Watkins'Körper. Sie sind beide von einem Manitou angefallen worden, und beide sind einer geworden. Der Manitou überkommt einen Mann in der Nacht. Nicht bei Vollmond, sondern wenn die Gier nach Blut am Ende eines Tages übermächtig wird. Dann verwandelt sich der Mann in eine abscheuliche Kreatur. Sie tötet und verbraucht dabei ihre mörderische Kraft. Der Mann kehrt zu seinem wahren Ich zurück und kann sich nicht erinnern, was geschehen ist. Am nächsten Tag beginnt der Kreislauf erneut und endet erst mit dem Tod des Mannes.“

Mulder sah zu Tskany hinüber und fragte sich, ob der Sheriff die Erzählung des Alten glaubte.

Ish blickte nun starr geradeaus, als schaue er direkt in die Vergangenheit. „Eines Nachts, als ich sechzehn Jahre alt war“, fuhr er mit entrückter Stimme fort, „kam ich zurück vom Fischen im Cut Bank Creek. Ich kannte eine Abkürzung, die hinter Watkins’ Haus vorbeiführte. Ich hörte ein Knurren . . . Nicht von einem Tier, nicht von einem Menschen. Ich schaute in sein Fenster. Er war bedeckt mit Schweiß und Blut. Er litt große Schmerzen. Sein Arm . . . die Haut platzte auf. Sie schälte sich und fiel zu Boden . . .“

Mulder dachte an die Hautfetzen, die er auf der Ranch gefunden hatte.

„Klauen wuchsen aus seinen Fingernägeln. Er wandte sich, er schrie. Und dann sah er mich! Sein Blick . . .“

Der alte Mann schloß die Augen, als könne er die Erinnerung an jene Nacht nicht ertragen. Ein schmerzliches Zucken lief über seine Züge. Lange schwieg er, und Mulder begann zu fürchten, er würde die Geschichte nicht zu Ende erzählen.

Doch schließlich öffnete Ish seine Augen. Als er sprach, war seine Stimme ruhig. Er hatte einen inneren Kampf gekämpft und gewonnen. „Watkins ... Sein Blick war noch menschlich. Er flehte mich an, ihn zu töten. Und wenn ich auf der Jagd gewesen und meine Waffe dabei gehabt hätte – ich hätte es getan! Aber als Junge mit Todesangst ... ich rannte voller Panik davon."

„Und wenig später tötete ihn die Polizei", vermutete Mulder.

Ish nickte. „Aber der Manitou kehrte zurück."

„Acht Jahre später", sagte Mulder. „Aber wenn Watkins tot war, wie kann es dann einen weiteren Angriff durch einen Manitou gegeben haben?"

„Watkins hatte einen Sohn", entgegnete Ish. „Es kann auch mit dem Blut vererbt werden ..."

Mulder sah Tskany an, und zum ersten Mal, seit sie Ishs Haus betreten hatten, sprach Tskany.

„Gwen", sagte er leise.

Das war eine Möglichkeit, die Mulder gar nicht gefiel.

„Wenn Joe Goodensnake so ein Wesen war", setzte Tskany hinzu, „dann vielleicht nicht, weil er früher angegriffen wurde, sondern weil er es geerbt hat. Was bedeutet, Gwen könnte es auch haben ... Gwen könnte Jim Parker getötet haben."

14

Das Knirschen eines stotternden Motors zerriß die Stille um Ishs Haus. Tskany zog als erster seine Waffe. Mulder sprang geschmeidig auf und griff in sein Holster. Ish langte hinter sich und zauberte ein Gewehr unter dem Bett hervor, das mindestens hundert Jahre alt sein mußte.

Leise verließen die Männer das Haus durch die Hintertür. Tskany ging in Richtung der Scheune. Mulder winkte Ish, ein wenig zurückzubleiben, und schlich zur Vorderseite.

Mulder spürte, daß sein Herz rasend klopfte. Vielleicht lag es an Ishs Geschichten über Geister, die Männer in Ungeheuer verwandeln konnten, vielleicht an dem grauenvollen Anblick von Jim Parkers zerfetztem Körper ... Mulder konnte das Gefühl nicht abschütteln, daß sie es mit einem bösen Geist zu tun hatten, dem kein Einhalt geboten werden konnte. Und das Böse war ganz nah.

Er lugte vorsichtig zwischen die alten Autos und Autoteile in Ishs Vorgarten. Dutzende von Winkeln, perfekte Verstecke, effektive Deckungen.

Als er ein leises metallisches Klicken hörte, wuchs

seine Anspannung . . . dann das unverwechselbare Geräusch eines Automotors.

Mulder wirbelte herum. Jemand kauerte hinter dem Steuerrad von Ishs Truck und versuchte, die Zündung kurzzuschließen.

Mit erhobener Waffe ging Mulder auf das Fahrzeug zu. Eine graue Abgaswolke erfüllte die Luft, als der Motor des Trucks schließlich ansprang. Der Fahrer setzte sich auf.

„Gwen!“ brüllte Tskany, als er auf den Truck zurannte.

Gwens dunkle Augen weiteten sich vor Schreck, als sie die beiden Gesetzeshüter sah. Es gab zu viele andere Fahrzeuge vor Ishs Haus, die ihre Manöver behinderten. Panisch legte sie den Rückwärtsgang ein – die Räder des Trucks jaulten, als sie einen Satz zurück machten.

Tskany erreichte sie als erster. Er sprang auf die kleine Plattform an der Seite des Trucks, langte durch das offene Fenster hinein und schob den Schalthebel auf *Parken*.

„Nein!“ schrillte Gwen, die Stimme voller Angst. Sie war hysterisch, wie Mulder erkannte, hatte die Kontrolle verloren. Sie trat, schrie, kämpfte gegen Tskany, der die Tür aufriß und sie hinaus auf den schlammigen Boden zerrte.

Mulder behielt sie sicherheitshalber im Visier seiner Waffe.

„Gwen, du bist verhaftet, weil du versucht hast, Ishs Truck zu stehlen“, sagte Tskany ernst.

Gwen sah aus wie eine Wolfsfrau. Sie trug immer noch die Sachen, die sie in der Nacht zuvor auf dem Begräbnis ihres Bruders angehabt hatte. Ihre Jeans war schmutzig, ihr langes Haar war verfilzt, voller Äste und getrockneter Blätter. Ihre Haut war verschmiert von Tränen und Schweiß.

Ish näherte sich der zitternden Frau. „Was ist passiert, Gwen?“ fragte er behutsam. „Wovor läufst du weg?“

Weinend kniete Gwen im Morast. „Ich hab’s gesehen!“ schluchzte sie. „Ich habe gesehen, wie es Parker umgebracht hat.“

Tskany sah Mulder an, der immer noch auf die junge Frau zielte.

Langsam ließ Mulder die Waffe sinken. „Helfen Sie ihr hoch . . .“

Charlie stütze Gwen beim Aufstehen. Taumelnd erhob sie sich und klammerte sich dann an ihn. Lange Zeit schluchzte sie in die Jacke des Sheriffs, schluchzte zu laut und unkontrolliert, um ein Wort herausbringen zu können.

„Ich bin zur Ranch gegangen“, gab Gwen schließlich zu. „Nach der Zeremonie. Ich wollte dem Jungen eine Lektion erteilen. Also habe ich gewartet, aber Parker saß auf der Veranda. Und dann kam dieses Ding, dieses Tier . . . Oh mein Gott . . ." Sie bedeckte ihr Gesicht mit den Händen, während sie weinte. „Ich hatte noch nie solche Angst. Ich bin weggerannt und hab mich den ganzen Tag im Wald versteckt. Ich wollte nur weg. Ich wollte von hier verschwinden." Sie knickte in sich zusammen und wimmerte erneut so sehr, daß sie nicht sprechen konnte.

Tskany warf Mulder einen auffordernden Blick zu, doch an seiner Stelle übernahm Ish das Kommando. „Bring sie rein!"

Mulder folgte ihnen, irritiert von der neuen Entwicklung der Dinge. Sagte Gwen die Wahrheit? Ish hatte erklärt, die vom Manitou besessene Person hätte keine Erinnerung an die eigene monströse Tat. Gwen jedoch sagte aus, sie hätte es morden sehen . . . mit ihren eigenen Augen. Und jetzt stand sie unter Schock, war völlig verzweifelt und ohne jegliche Selbstkontrolle.

Mulder glaubte ihr. Ihre Qual schien echt zu sein. Doch wenn Gwen die Wahrheit sagte, dann stellte sich eine neue, beängstigende Frage: Wenn Gwen nicht der Manitou war . . . wer war es dann?

15

Ish führte Gwen in die Hütte. Er legte ihr eine Decke um die Schultern. „Setz dich“, redete er beruhigend auf sie ein. „Ich mach dir einen Tee.“

Charlie Tskany kniete sich neben sie. „Ich muß dir einige Fragen stellen . . . Über Joe und woher er diese Narben auf der Brust hatte.“

Gwen nickte. Sie wirkte jetzt gefaßter. „Das ist eine Weile her.“ Ihre Stimme war immer noch belegt und unsicher. „Joe ist auf den Gipfel des Black Mountain gestiegen, um *hanbleceya* zu gewinnen.“

Mulder erkannte das Lakota-Wort für ‚Weite Sicht‘. Es war eine uralte Tradition. Joe Goodensnake hatte vier Tage und Nächte auf dem Berg verbracht, ohne Ruhelager, ohne Essen, mit wenig Wasser. Die ganze Zeit hatte er versucht, wach zu bleiben, und hatte um spirituelle Führung gebeten.

„Als er zurückkam“, sagte Gwen, „hatte er drei tiefe, blutige Wunden an der Schulter. Ich habe ihn gefragt, was geschehen ist. Er hat bloß gelacht und hat gesagt, er hätte sich . . . mit einem Geist angelegt.“

„Das war die Wahrheit“, brummte Ish.

Mulder verlor keine Zeit. Ohne zu zögern, griff er

nach dem Telefon und rief in dem Krankenhaus an, in das Scully Lyle Parker gebracht hatte. Sie sollte wissen, was Gwen letzte Nacht auf der Ranch gesehen hatte. Was Ish ihm über den Fall Watkins erzählt hatte. Und was Joe Goodensnake zugestoßen war.

„Ich möchte bitte Federal Agent Dana Scully sprechen“, sagte Mulder dem Rezeptionisten im Krankenhaus. „Sie hat heute morgen einen jungen Mann namens Lyle Parker begleitet.“

Nachdem er für eine kleine Ewigkeit in die Warteschleife gedrückt worden war, hörte Mulder schließlich ein weiteres Telefon klingeln, und dann – endlich – nahm jemand ab.

„Scully?“

„Hier ist Doktor Josephs“, meldete sich eine Männerstimme am anderen Ende.

„Hier ist Agent Mulder vom FBI“, antwortete Mulder hastig. „Man hat mir gesagt, ich könnte unter dieser Nummer Agent Scully erreichen.“

„Oh, ja . . . Wir haben Lyle Parker aber wieder entlassen. Sie fährt ihn zurück zur Ranch.“

„Kann ich sie dort schon erreichen?“

„Wahrscheinlich noch nicht – sie sind gerade erst losgefahren . . . Agent Mulder, da ist etwas, das Sie wissen sollten. Ich habe die Bluttests von Lyle Parker bekommen – sie haben etwas sehr Eigenartiges ergeben.“

„Was denn?“ Mulders Stimme schwankte unmerklich – er hatte das furchtbare Gefühl, daß er die Antwort schon kannte.

„Spuren von der Blutgruppe seines Vaters“, antwortete der Arzt. „Sie kann nur durch den Verdauungstrakt aufgenommen worden sein.“

Mulder stand regungslos, als ihm die Bedeutung dieser Information in ihrer ganzen Tragweite klar wurde. Verdauung – Fressen! Gwen sagte die Wahrheit. *Sie* konnte ihre Gestalt nicht verändern.

Lyle Parker. Er konnte es.

Er war von einem Manitou angegriffen worden und selbst zu einem geworden.

Lyle Parker hatte seinen Vater getötet. Mit Klauen und Zähnen zerrissen ... gefressen.

Auf einmal bemerkte Mulder, daß er immer noch den Hörer ans Ohr preßte. „Vielen Dank für Ihre Hilfe“, brachte er schließlich heraus und legte auf.

Mulder starrte zum Fenster hinaus. Im Westen begann eine feurig rote Sonne unterzugehen. Sie senkte sich auf den Horizont und erfüllte die Hütte mit einem unwirklichen Glühen.

Mulder wußte, daß es in weniger als einer Stunde dunkel sein würde. Im Geiste hörte er Ishs Worte. „Der Manitou überkommt einen Mann in der Nacht ... Der Mann verwandelt sich in eine abscheuliche Kreatur ... tötet ... Der Mann kehrt zu seinem wahren Ich zurück und weiß nicht, was geschehen ist. Am nächsten Tag beginnt der Kreislauf von neuem."

Lyle Parker hatte letzte Nacht getötet. An diesem Morgen hatte er keine Ahnung mehr gehabt, was geschehen war. Er würde heute nacht wieder töten. Und er war allein, allein mit Scully.

Scully fuhr die schnurgerade Straße entlang, Richtung Westen. Auf dem Beifahrersitz lehnte sich Lyle gegen das Fenster und schlief. Scully wußte, daß sein Körper immer noch von der letzten Nacht geschwächt war . . . und sein Herz trauerte nach wie vor um seinen Vater. Sie fragte sich, was er jetzt tun würde. Die Ranch behalten? Versuchen, sie allein zu leiten? Oder wäre es zu quälend für ihn, dort mit den Erinnerungen an seinen Vater zu leben?

Neben ihr rührte sich Lyle. Langsam öffnete er die Augen und starrte blicklos zum Fenster hinaus. Hätte er Scully angesehen, wäre ihr der Unterschied vielleicht aufgefallen. Lyle Parkers Augen veränderten sich. Ein neuer Ausdruck schlich unter seine Lider. Etwas Unmenschliches, Böses.

Doch Scully fuhr ahnungslos immer weiter Richtung Westen, in Richtung Ranch.

In der Ferne versank die blutrote Sonne.

16

Die Sonne verschwand vollends hinter den Bergen. Der letzte orangene Lichtschein verlosch am Himmel, als Scully und Lyle Parker die Ranch erreichten.

Scully war müde von der langen Fahrt – dennoch wollte sie sichergehen, daß Lyle versorgt war, bevor sie nach Mulder Ausschau hielt.

Lyle war still. Sie hoffte, daß er immer noch schlief, – er konnte alle Ruhe brauchen, die er kriegen konnte.

Sie passierte das Tor zur Ranch, das sie sorgfältig wieder schloß. Das blaue Licht der Dämmerung ließ das Anwesen gespenstisch aussehen, als sie über den langen schlammigen Weg zum Haus fuhr. Im Osten zeigte sich ein voller Mond.

Scully hielt vor der Tür. Sie berührte vorsichtig Lyles Schulter, rüttelte ihn sacht. „Lyle, aufwachen ... Sie sind jetzt zu Hause."

„Uh-huh", gähnte Lyle benommen. Mühsam stieg er aus dem Wagen. Er sah sich um, schüttelte den Kopf, als könne er nicht glauben, was hier geschehen war. Er bewegte sich wie ein alter Mann, und Scully stütze ihn auf dem Weg ins Haus.

Drinnen erfüllte der bläuliche Schimmer der kommenden Nacht die großen Räume. Das Haus fühlte sich kalt und leer an.

Ein Lichtstrahl des noch tief stehenden Monds schien durch die Tür hinein und hauchte einem Bärenkopf, der oben an der Wand hing, einen Moment lang Leben ein. Das weit aufgerissene Maul des Bären zeichnete bizarre Schatten auf den Boden. Scully konnte Menschen verstehen, die jagten, um ihren Hunger zu stillen, – doch diese Tiere hier waren alle als Trophäen gejagt worden ... Sie schauderte. Daran war an sich nichts Beängstigendes, sie hatte keinen *Schiß*, wie Lyle und Mulder es nennen würden. Es war nur ... beunruhigend. Man mußte nur eine beliebige Wand dieses Hauses betrachten und fand Beweise dafür, daß Menschen aus Spaß töteten.

Lyle schloß die Tür hinter ihnen und drückte auf den Lichtschalter.

Nichts geschah. Das Zimmer blieb dunkel.

„Stromausfall“, stellte Scully fest.

„Yeah.“ Lyle klang müde. „Passiert uns dauernd, hier am Ende der Welt.“ Er griff nach einer Taschenlampe. „Ich schalte den Generator an.“

Er war keine drei Schritte gegangen, als seine Knie den Dienst versagten. Nach Luft ringend stürzte er neben der Treppe zu Boden.

Keine Sekunde später war Scully bei ihm. „Alles okay, Lyle? Alles okay?“

Lyles Stirn war schweißnaß. Er stöhnte vor Schmerz. Er keuchte, als wäre er gerade um sein Leben gerannt, und versuchte vergeblich, sich wieder hochzustemmen.

„Mir ist schlecht“, stammelte er. „Bitte. Ins Bad . . .“

Ein einsamer Jeep raste durch die Nacht, auf dem Dach blitzten die roten und blauen Polizeilichter. Charlie Tskany fuhr, während Mulder eine Nummer auf seinem Handy wählte.

Mulder hielt das Telefon geduldig ans Ohr und wartete, daß es in der Two Medicine Ranch klingelte. Er hörte einen Signalton, dann nur noch lautes statisches Brummen.

Mulder schnitt eine Grimasse, wählte noch einmal – wieder nur Statik.

Frustriert klappte Mulder das Telefon zusammen. „Krieg keine Verbindung“, sagte er knapp. „Die Berge blockieren das Signal. Wie weit noch?“

„Ungefähr sieben Meilen“, entgegnete Tskany. Er trat aufs Gas, und der Jeep schoß mit Höchstgeschwindigkeit durch die Dunkelheit.

Das einzige Licht im Ranchhaus war Scullys Taschenlampenschein. Sie stand im Flur vor der Badezimmertür und hörte, wie Lyle immer wieder schmerzhaft würgte.

„Lyle", rief sie. „Lassen Sie mich rein."

Keine Antwort, nur Lyles keuchender Atem.

Scully wußte, daß es Lyle nicht so schlecht gegangen war, als sie das Krankenhaus verlassen hatten. Was war geschehen? War es der Schock, nach dem Tod seines Vaters auf die Ranch zurückzukehren? Oder hatten die Ärzte etwas übersehen?

Sie hörte, wie sich Lyle erneut übergab.

„Lyle, lassen Sie mich rein."

Wieder keine Antwort.

Scully drehte den Türknauf. Abgeschlossen.

Lyle stand in dem kleinen Badezimmer. Er stützte sich auf das Waschbecken und hielt sich daran fest. Obwohl es kalt im Haus war, war sein Körper schweißbedeckt. Ihm war fieberheiß, jede Sekunde ging sein Atem schwerer.

Er riß sich die Jacke von den Schultern, ohne Linderung zu verspüren. Schweiß lief ihm über Bauch und Rücken. Sein Hals war so trocken, daß er kaum schlukken konnte. Und sein Körper vibrierte vor Schmerz, einem unerträglichen Schmerz, der sein Innerstes zu zermalmen schien.

Er hörte, wie Agent Scully erneut versuchte, die Tür zu öffnen.

„Lyle?"

Er hob den Kopf, wagte einen Blick in den Spiegel. Das Mondlicht floß zum Badezimmerfenster herein.

Es war hell genug . . . und er konnte sehen, daß seine Augen blutrot waren.

Scully stand im Flur und lauschte, ob Lyle ihr antwortete. Mittlerweile machte sie sich wirkliche Sorgen um ihn.

Sie versuchte es noch einmal. „Lyle! Antworten Sie!“

Dann verlor sie die Geduld – sie hatte lange genug gewartet.

Sie kniete sich hin und betrachtete den Türknauf. Zwei Schrauben hielten ihn an seinem Platz. Scully griff in ihre Tasche und holte das kleine Multifunktions-Messer heraus, das sie immer bei sich hatte. Mit flinken Fingern begann sie, die Metallplatte um den Türknauf abzuschrauben.

Im Badezimmer sackte Lyle zu Boden. Mit jeder verstreichenden Sekunde steigerte sich der Schmerz zu einem Inferno heißer, stechender Wellen. Ein wildes Tier zerrte an seinen Innereien.

Er sah auf und bemerkte, daß sich die Messingplatte des Türknaufs bewegte.

Auf der anderen Seite der Tür hörte er wieder Agent Scully. „Lyle, hören Sie mir zu“, beschwor sie ihn. „Ich möchte Sie zurück ins Krankenhaus bringen, okay?“

„Nein ... nein. Ist schon in Ordnung“, rief er zurück. Er wischte sich den Mund an seinem Ärmel sauber, rappelte sich hoch und drehte das kalte Wasser an. Gleich ... würde es ihm besser gehen. Es mußte ihm einfach besser gehen. Schlimmer konnte es nicht werden. Er formte die Hände zu einer Schale und trank das Wasser in gierigen Zügen. Wieder und wieder.

Dann ... legte er sich schnell eine Hand über den Mund – ihm wurde wieder schlecht. Er beugte sich über die Toilette und versuchte, sich zu übergeben. Sein Magen krampfte sich zusammen, doch er röchelte nur ein trockenes Würgen hervor.

Erneut rasten wilde Hitzewellen durch seinen Körper. Er riß sich auch noch das Hemd vom Leibe. Die Narben an seiner Schulter waren mit einem Verband bedeckt. Doch er konnte sie ganz deutlich spüren, jede schmerzte wie ein rotglühendes Messer. Was war los? Was geschah mit ihm?

Was es auch war – er konnte es nicht kontrollieren. Sein Oberkörper kippte nach vorn, dann zuckte er nach hinten. Eine unwirkliche Sekunde lang nahm der Schmerz ab, und Lyle wollte sich aufrichten. Doch plötzlich riß es seinen Kopf zurück, mit vor Schmerz und Ungläubigkeit weit aufgerissenem Mund.

Er wollte schreien. Doch er schrie nicht – er stieß ein tiefes, dröhnendes Knurren aus.

„Lyle!“ Die Frauenstimme war immer noch zu hören. „Was ist da drinnen los? Machen Sie die Tür auf!“

Zum letzten Mal dachte Lyle flüchtig daran, was er ihr sagen könnte ... wie er erklären sollte, was mit ihm geschah. Dann setzte sein Verstand aus, Lyle Parker verschwand aus seinem Körper, und eine finstere Macht übernahm endgültig die Kontrolle.

Er sah noch einmal in den Spiegel. Ein Jaulen quälte sich aus seinem Hals – und in seinem Mund blitzten vier spitze Reißzähne.

Er hörte Geräusche auf der anderen Seite der Tür. Witterte ein anderes Wesen. Torkelnd streckte er den Arm in Richtung Fenster aus und wischte mit seiner Hand über den Vorhang. Messerscharfe Klauen schlitzten durch den Stoff.

Lyle röhrte mit zurückgeworfenem Kopf – ein verwundeter Berglöwe ... ein Tier, wahnsinnig vor Schmerz.

Er ballte die Faust. Sein Handrücken platzte auf.

Und ein dreifingriges Stück durchsichtiger Haut taumelte langsam zu Boden.

17

Charlie Tskanys Jeep raste die Straße zur Ranch entlang, ihnen fehlten nur noch wenige hundert Meter. Mulder starrte besorgt in den Himmel. Die Nacht war nun vollends hereingebrochen, dicke Wolken verdeckten vorübergehend den Vollmond. Die Landschaft Montanas war in der Dunkelheit eine einzige große Schwärze.

Und das bedeutet, daß jetzt der Geist des Manitou in seinen Körper fährt, dachte Mulder. Lyle Parker würde nicht mehr Lyle Parker sein. Er würde eine reißende Bestie sein, die nur töten und zerstören wollte – um ihren Hunger zu stillen. Den Hunger nach Fleisch und Blut.

Tskany hielt vor dem Tor, das auf die Ranch führte. Mulder sprang aus dem Jeep, riß das Tor auf und stieg wieder ein.

Tskany fuhr durch das Tor und stoppte.

„Warum halten Sie?“

„Sie müssen das Tor zumachen!“

„Vergessen Sie das Tor“, herrschte ihn Mulder an. „Scully ist mit Lyle allein.“

Tskany sah ihn verärgert an, stieg aus und machte schnell das Tor hinter ihnen zu.

„Können Sie mir vielleicht sagen, was das nun wieder soll?“ fragte Mulder wütend.

„Wenn Sie das Tor offen lassen, läuft das Vieh hinaus auf die Straße! Man braucht nur ein paar Sekunden, um das Tor zu schließen, und die Tiere sind in Sicherheit. Wenn man in diesem Land aufwächst, macht man das Tor hinter sich zu.“

Mulder schluckte den Hinweis hinunter, daß Tskanys Sorge um das Vieh Scully das Leben kosten könnte. Doch da gab der Sheriff bereits wieder Vollgas, der Jeep raste über den Weg und kam schließlich schlingernd vor dem Haus zum Stehen.

Mulders Herz sank, als er das Ranchhaus sah. Der Mietwagen stand vor den Stufen – Scully und Lyle waren also tatsächlich hier.

Er witterte das Unheil.

Das Ranchhaus war vollständig dunkel.

Im Flur bemühte sich Scully verzweifelt, die letzte Schraube des Türknaufs zu entfernen. Die Geräusche aus dem Badezimmer trieben ihr den Angstschweiß auf die Stirn. Was war mit Lyle los? Es klang, als sei der Puma aus seinem Käfig ausgebrochen und irgendwie zu Lyle gelangt.

Endlich fiel die Schraube zu Boden. Sie zog den Türknauf heraus und wollte das Schloß öffnen, als ...

Rumms!

Ein ohrenbetäubendes Röhren erfüllte das Haus, und die Badezimmertür splitterte in tausend Stücke.

Scully flog rückwärts. Das geifernde Wesen, das an ihr vorbeistürmte, nahm sie nicht mehr wahr. Ihr Kopf prallte gegen die Mauer – und dann wurde ihr schwarz vor Augen.

In Windeseile hatten Mulder und Tskany den Jeep verlassen. Der Sheriff hielt seinen Revolver in der Hand, Mulder seine Automatik.

Es war still auf der Ranch. Mulder sah keine Zeichen von Gewalt und Zerstörung, doch Tskany und er tauschten einen besorgten Blick: Es war zu still. Sie konnten die Tiere der Ranch nicht hören. Koyoten. Eulen. Insekten. Alle Lebewesen der Nacht schienen sich versteckt zu haben – und nun wehte der Atem des Todes über dem Haus.

Mulder signalisierte Tskany, er solle die Rückseite des Hauses überprüfen, und eilte auf die Eingangstür zu.

Er hatte kein Problem mit der Tür. Sie war nicht abgeschlossen. Vorsichtig und leise betrat Mulder das Ranchhaus.

Im Inneren war es stockfinster.

Mulder drückte auf den Lichtschalter. Nichts ... Stromausfall.

Er verhielt einen Augenblick, bis seine Augen sich

an die Dunkelheit gewöhnt hatten. Seine Taschenlampe wollte er nur benutzen, wenn es unumgänglich war, – wenn das Monster in der Nähe war, würde das Licht der Lampe Mulder verraten.

Ein dünner Strahl kalten Mondlichts fiel durch die Jalousien vor einem der Fenster. Weder Scully noch Lyle waren zu sehen, und es gab keine Anzeichen eines Kampfes. Alles schien an seinem Platz zu sein – der Raum war friedlich. Doch genau wie die Stille draußen war der Friede im Haus beängstigend.

Mulder war verwirrt. Der Mietwagen steht vor dem Haus, erinnerte er sich selbst. Scully und Lyle *müssen* hier sein.

Er ging am Fuß der Treppe vorbei, entschied sich, zuerst das Erdgeschoß zu durchsuchen. Auf Zehenspitzen schlich er den Flur entlang, berührte zur Orientierung mit einer Hand die Wand, während er in der anderen seine Waffe hielt.

Mulder erstarrte, als seine Fingerspitzen eine Unterbrechung in der Holztäfelung der Wand ertasteten. Nur eine Sekunde ließ er seine Taschenlampe aufblitzen – und konnte erkennen, daß das Holz drei tiefe Scharten aufwies.

Mulder sah sich um, schußbereit, dann durchquerte er das Zimmer. Er stieß sich das Schienbein an einem harten Gegenstand. Wieder schaltete er das Licht an, um zu sehen, woran er sich gestoßen hatte.

Ein Hocker – und an seiner Ecke hing ein Stück durchscheinender Haut.

Mulders Herz klopfte wild. Er ging vorsichtig auf das Badezimmer zu . . . und was er dort sah, jagte sein Blut noch schneller durch die Adern: ein feiner Lichtstrahl. Scullys Taschenlampe lag am Boden und leuchtete den Flur entlang.

Von Scully selbst keine Spur.

Die Erinnerung an Jim Parkers verstümmelte Leiche blitzte durch Mulders Hirn. Er nahm die Taschenlampe hoch, bemüht, seine Panik unter Kontrolle zu halten.

Seine Stimme war nur noch ein heiseres Flüstern. „Scully . . .?“

18

Mulder sah sich im dunklen Flur nach Hinweisen um, wo Scully geblieben sein könnte. Ein Kleidungsstück, eine Haarsträhne. Irgend etwas, das ihm verraten würde, wo sie war . . . was ihr zugestoßen war.

Ein tiefes, dröhnendes Knurren ließ Mulder erstarren. Er wirbelte in Richtung des Geräuschs herum. Er kannte die goldene Regel der Jagd: je tiefer das Knurren, desto größer das Tier. Das Geräusch, das er gerade gehört hatte, war *deutlich* tiefer als das eines Pumas . . . dröhnender als das eines Bären.

Mulder ging rückwärts den Flur entlang. Mit der Taschenlampe leuchtete er in die Küche. Nichts.

Wieder hörte er das Knurren. Diesmal lauter . . . als käme es aus der Erde selbst. Mulder konnte spüren, wie das Geräusch sein Rückgrat zum Schwingen brachte. Seine Nackenhaare sträubten sich.

Der Manitou war nah. Sehr nah.

Mulder hatte keine Wahl. Er mußte Scully finden. Langsam schob er sich weiter vorwärts . . .

Draußen ließ Charlie Tskany den Strahl seiner

Taschenlampe über die Rückseite des Hauses streichen. Nichts Ungewöhnliches. Außer der Stille.

Tskany war in diesem Land aufgewachsen, er hatte sein ganzes Leben hier verbracht. Er hatte auf einer Ranch gearbeitet und in einem Nationalpark, bevor er Polizist geworden war. Er hatte mehr Nächte draußen geschlafen, als er zählen konnte. Aber er hatte noch nie eine so stille Nacht erlebt.

Das war nicht normal.

Die Stille machte ihm angst.

Er dachte an Ishs Geschichte von dem Manitou. Das war eine von jenen alten Erzählungen, an die Tskany als Junge geglaubt hatte und über die er als Mann gelacht hatte. Doch Ish log nie ... Und Tskany hatte den Beweis gesehen – er jagte weder ein Tier noch einen Mensch, sondern eine Höllengeburt, die Inkarnation des Bösen.

Tskany näherte sich dem Pferch. Er erstarrte, als er ein Geräusch hörte. Er lauschte. Hörte etwas, das ein Tier sein *konnte* ... Da war es wieder.

Ein langes, hinterhältiges Knurren.

Sofort schaltete er seine Taschenlampe an.

In ihrem hellen Strahl bleckte ein gefangener Berglöwe die Zähne und fauchte.

Tskany atmete auf.

Doch der Manitou war nah. Er konnte ihn spüren. Er lauerte auf ihn. Irgendwo dort draußen.

Mulder betrat die Küche. Erneut hörte er das wilde Knurren, doch es war unmöglich, die Richtung zu bestimmen, aus der es kam.

Er ließ das Licht durch die Küche schweifen: Schränke, Kühlschrank, Küchentisch, Stühle. Nichts Ungewöhnliches.

Dann hörte er es wieder. Das tiefe tierische Knurren. Er versuchte in Richtung des Geräuschs zu leuchten – und fuhr herum, als er etwas durch das Wohnzimmer huschen und verschwinden sah. Es war zweibeinig. Groß. Mit einem dichten Pelz bedeckt.

Blitzschnell nahm Mulder die Verfolgung auf, die Waffe schußbereit erhoben. Was ist mit Scully geschehen, fragte er sich zum wiederholten Male, als er in Richtung der Treppe lief. Scully, verdammt, wo steckst du?

Er eilte die Treppe hinauf, so leichtfüßig er konnte. Dennoch knarrten die Stufen unter jedem seiner Tritte. Als er sich dem oberen Ende der Treppe näherte ... spürte er es.

Es war etwas hinter ihm.

Die antrainierten Instinkte eines FBI-Agenten übernahmen das Kommando. Mit einer geschmeidigen Bewegung drehte er sich um, duckte sich und schoß.

Kein Geräusch. Kein Schmerzensschrei. Nichts und niemand fiel zu Boden.

Mulder schaltete die Taschenlampe wieder an und erkannte, worauf er geschossen hatte: Zähne. Lange, gelbe, mörderisch gefletschte Zähne. Der ausgestopfte Kopf eines Grizzly, erstarrt im Augenblick des Angriffs. Er hatte ihm einen Teil des Kiefers weggeschossen.

Ein nervöses Kichern stieg in seine Kehle. Das FBI erlangt einen weiteren beachtlichen Sieg über ausgestopfte Tiere . . . Er schluckte – und hatte er sich wieder unter Kontrolle.

Sein Atem stockte, als er das Geräusch wieder hörte. Das tiefe Knurren. Donner vor einem Sturm. Es war oben. Es war eindeutig oben.

Mulder tastete sich weiter die Treppe hinauf, bis in den ersten Stock. Er kam der Bestie näher. Er konnte es spüren. Er fragte sich, wo Tskany war. Und wo zum Teufel steckte Scully? War sie noch am Leben?

Der Flur im ersten Stock teilte sich in einen rechten und einen linken Flügel – und in beiden Richtungen war es stockdunkel. Mulder blieb einen Augenblick stehen, sein Herz hämmerte. Nach rechts oder nach links? Wo war der Manitou?

Mulder wandte sich nach rechts. Er war nur ein paar Schritte gegangen, als plötzlich etwas aus der Dunkelheit hervorschoß und seinen Arm packte.

Mulder wußte augenblicklich, daß es eine menschliche Hand war, die sich eisern um sein Handgelenk legte. Trotzdem kam er aus dem Gleichgewicht, als er in das dunkle Zimmer gezogen wurde.

Er versuchte, sich loszureißen und den Gegner trotz der Dunkelheit ins Visier zu bekommen.

„Mulder, ich bin's!" flüsterte Scully. „Ich bin's! Nicht schießen!"

Wut und Erleichterung überwältigten Mulder eine endlose Sekunde lang. Als sein Schreck verflogen war, siegte die Freude, Scully lebend vor sich zu haben. Er schnaufte erlöst.

„Alles okay?" fragte er besorgt.

„Ich weiß nicht, was passiert ist", entgegnete Scully mit gesenkter Stimme. „Ich bin unten angesprungen worden, und dann muß ich ein paar Minuten ohnmächtig gewesen sein. Ich hab meine Waffe verloren."

„Ich habe das Wesen hier hochkommen hören", sagte Mulder langsam – und Scully begriff.

Er schlich aus dem Zimmer. Scully folgte ihm.

Sie begannen, den ersten Stock zu durchsuchen. Methodisch nahmen sie sich ein Zimmer nach dem anderen vor: Alle waren voller Schatten. Sie betraten einen Raum, der aussah wie Lyles Schlafzimmer, ein anderer mußte das seines Vaters gewesen sein. Sie sahen in die Schränke. Eine Garderobe. Das Bad im ersten Stock.

Nichts.

Da erregte das Geräusch rauhen Atems, das hinter einer Tür am Ende des Flurs hervordrang, Mulders Aufmerksamkeit.

Scully und er näherten sich der Tür. Sie war nur angelehnt. Sie blieben stehen, lauschten dem angestrengten, rhythmischen Atem.

Langsam schob Mulder die Tür auf. Die Angeln quietschten.

Auch dieses Zimmer war dunkel, erfüllt von rabenschwarzer Nacht. Mulder bedeutete Scully, ihm zu folgen, schaltete seine Taschenlampe an und erkannte, daß sie in einem Büroraum waren. Der Lichtstrahl zeigte ihnen Tisch und Stuhl vor der Wand, die ihnen am nächsten war. Ihnen gegenüber befanden sich ein Fenster und eine Tür mit Jalousien – Mulder nahm an, daß sie zu einer Art Balkon führte. Bücherregale, gerahmte Urkunden und noch mehr leblose Jagdtrophäen vervollständigten die Einrichtung.

Die Agenten durchsuchten den Raum. Sie bemühten sich, die Dunkelheit zu durchdringen.

Doch die Bestie, die im Schatten hinter ihnen kauerte, sahen sie nicht.

Ihre glühendroten Augen fixierten ihre doppelte Beute.

19

Das Biest war schnell wie der Blitz. Im einen Augenblick war es noch tödlich still im Zimmer, im nächsten bebten die Wände unter mörderischem Röhren.

Mulder und Scully wirbelten herum. Mulder riß ungläubig die Augen auf, als das riesige, pelzbedeckte Wesen mit seinen Rubinaugen und den langen Klauen auf sie zu stürzte.

Mulder hob seine Waffe und zielte.

Da zuckte ein Mündungsfeuer durch die Dunkelheit.

Ein Schuß hallte.

Gleichzeitig war der wütende Schrei eines Mannes zu hören, als die Gewalt des Schusses das Wesen gegen die Wand schleuderte. Mit einem dumpfen Poltern landete der Körper am Boden. Dann verschmolz er mit den Schatten, regungslos . . . tot.

Verdutzt wandte sich Mulder um. Er hatte den tödlichen Schuß nicht abgefeuert . . .

Charlie Tskany stand in der Tür, fingerte die Hülse aus seinem Gewehr. Dann hob er den Kopf und sah die Agenten an. „Alles in Ordnung?“ fragte er und trat ins Zimmer.

Mulder nickte matt. „Danke."

Tskany und er leuchteten auf den dunklen Haufen, der der Manitou gewesen war.

Doch es gab keine Anzeichen des grauenhaften Wesens mehr, das Mulder zähnefletschend attackiert hatte.

Statt dessen sahen sie Lyle Parker.

Der junge Mann lebte nicht mehr. Die Schußwunde in seiner Brust hatte ihn sofort getötet.

Mulder und Tskany nickten sich zu – da kam von Scully ein überraschter Aufschrei.

„Oh mein Gott!" keuchte sie. Sie eilte zu Lyle hinüber. „Er war im Bad, ihm war schlecht ... Das nächste, was ich weiß, ist, daß wir von dem Puma angegriffen wurden ... Dort draußen ... Er muß sich befreit haben ..."

Mulder und Tskany sahen einander an, die unausgesprochene Frage in ihrem Blick: „Wie können wir es erklären?"

Mulder trat neben seine Partnerin. „Das war kein Berglöwe ..."

Zuerst verstand sie nicht.

„Der Löwe ist immer noch in seinem Käfig dort draußen", ergänzte Tskany.

Scully nickte mechanisch, doch sie sah immer noch verwirrt aus. Die schreckliche Wahrheit – sie konnte sie nicht fassen, sie wollte sie nicht fassen.

Früh am nächsten Morgen verließen Mulder und Scully das Trego Tribal Police Office. Sie hatten ihre schriftlichen Berichte fertiggestellt, die Formalitäten erledigt. Mulder sah auf, als sie die Treppe hinunterstiegen. Der Himmel war grau und bedeckt, bald würde es wieder regnen.

Als sie langsam zu ihrem Wagen gingen, gesellte sich der Sheriff zu ihnen. Mulder blickte sich suchend um.

„Wo ist Gwen? Sie hat gesagt, sie würde uns noch sehen wollen, bevor wir gehen."

„Ist letzte Nacht verschwunden", entgegnete Tskany. „Hat all ihre Sachen an Freunde verschenkt."

„Einfach verschwunden? Aber warum denn?"

Tskany zuckte mit den Achseln. „Ihr Bruder ist weg. Sie hat keine Familie. Der Ärger mit Parker ist vorbei ..." Seine dunklen Augen musterten Scully. „Vielleicht hat sie etwas gesehen, das sie nicht verstehen kann."

„Vielleicht", versetzte Scully mit undurchdringlicher Miene.

Mulder betrachtete seine Partnerin aufmerksam von der Seite. Scully hatte den Beweis für die Mutation Lyle Parkers mit eigenen Augen gesehen. Im stillen fragte er sich, ob sie es jemals zugeben würde. Zugeben könnte. Die beiden Agenten erreichten den Wagen und gaben Tskany zum Abschied die Hand.

Als Mulder die Tür öffnete, hörte er eine bekannte Stimme: „FBI!“

Ish stand in einer abgeschabten Lederjacke auf der Veranda gegenüber dem Office. „Wir sehen uns in acht Jahren“, rief er.

„Ich hoffe nicht“, entgegnete Mulder und hob grüßend die Hand.

Lächelnd beobachtet Ish die Abreise der beiden Agenten.

Mulder stieg in den Wagen und ließ den Motor an. Dann verließen Scully und er das Reservat; sie ließen die Berge, die Wälder und den Nebel weit hinter sich. Und die dort verborgenen Rätsel.

Die großen Akte X-Romane

Charles Grant
Lebende Schatten
Roman

Charles Grant
Wirbelsturm
Roman

Kevin J. Anderson
Höllenfeuer
Roman

Kevin J. Anderson
Ruinen
Roman

Kevin J. Anderson
Antikörper
Roman

vgs verlagsgesellschaft Köln

TRUST
NO ONE
...AUSSER DEM ERFOLG
Jetzt endlich
im Taschenbuch!
Akte X.
Die Originale!

AKTE X STORIES